文春文庫

己丑の大火

照降町四季（二）

佐伯泰英

文藝春秋

目次

第一章　南峰の試み　11
第二章　御神木に炎　75
第三章　押込み強盗　138
第四章　大川往来　203
第五章　弥兵衛の遺言　266

「照降町四季」

おもな登場人物

佳乃　照降町「鼻緒屋」の娘。三年前、恋人の三郎次と駆け落ちし町を飛び出したが戻り、鼻緒職人として腕を磨く。

弥兵衛　佳乃の父。鼻緒や下駄を扱う「鼻緒屋」二代目。病に伏している。

八重　佳乃の母。

八頭司周五郎　もと豊前小倉藩士の浪人。二年ほど前から「鼻緒屋」で鼻緒挿げの修業をしている。

幸次郎　箱崎町の船宿・中洲屋の船頭。佳乃の幼馴染。

宮田屋源左衛門　照降町の下り傘・履物問屋「宮田屋」の主。暖簾わけした「鼻緒屋」の後ろ盾。

松蔵　「宮田屋」の大番頭。佳乃の腕を見込んでいる。

若狭屋喜兵衛（わかさやきへえ）　照降町の下り雪駄問屋「若狭屋」の主。「宮田屋」と並ぶ老舗の大店。

大塚南峰（おおつかなんぼう）　長崎で蘭方医学を学んだ医者。周五郎に剣術の稽古をつけてもらっている。

準造（じゅんぞう）　「玄冶店の親分」と慕われる十手持ち。南町奉行所の定町廻同心に仕える。

梅花（ばいか）　吉原の大籬「雁木楼（がんぎろう）」の花魁。当代一の権勢を誇る。

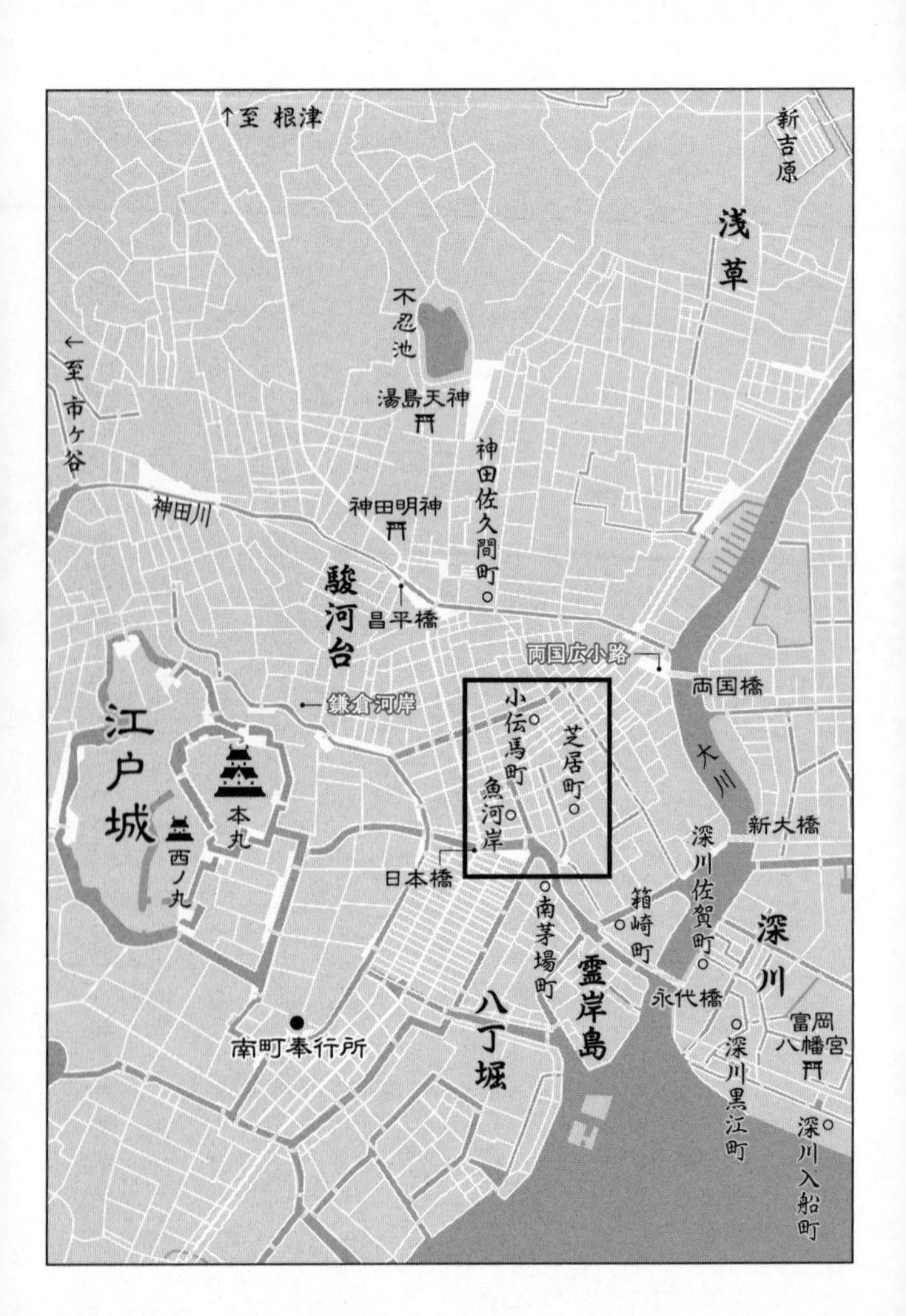

↑至 根津
新吉原
浅草
不忍池
←至市ケ谷
湯島天神
神田佐久間町
神田川
神田明神
駿河台
昌平橋
両国広小路
両国橋
鎌倉河岸
小伝馬町
芝居町
江戸城
本丸
大川
魚河岸
西ノ丸
新大橋
深川佐賀町
日本橋
南茅場町
箱崎町
深川
霊岸島
永代橋
八丁堀
南町奉行所
富岡八幡宮
深川黒江町
深川入船町

照降町四季　江戸地図

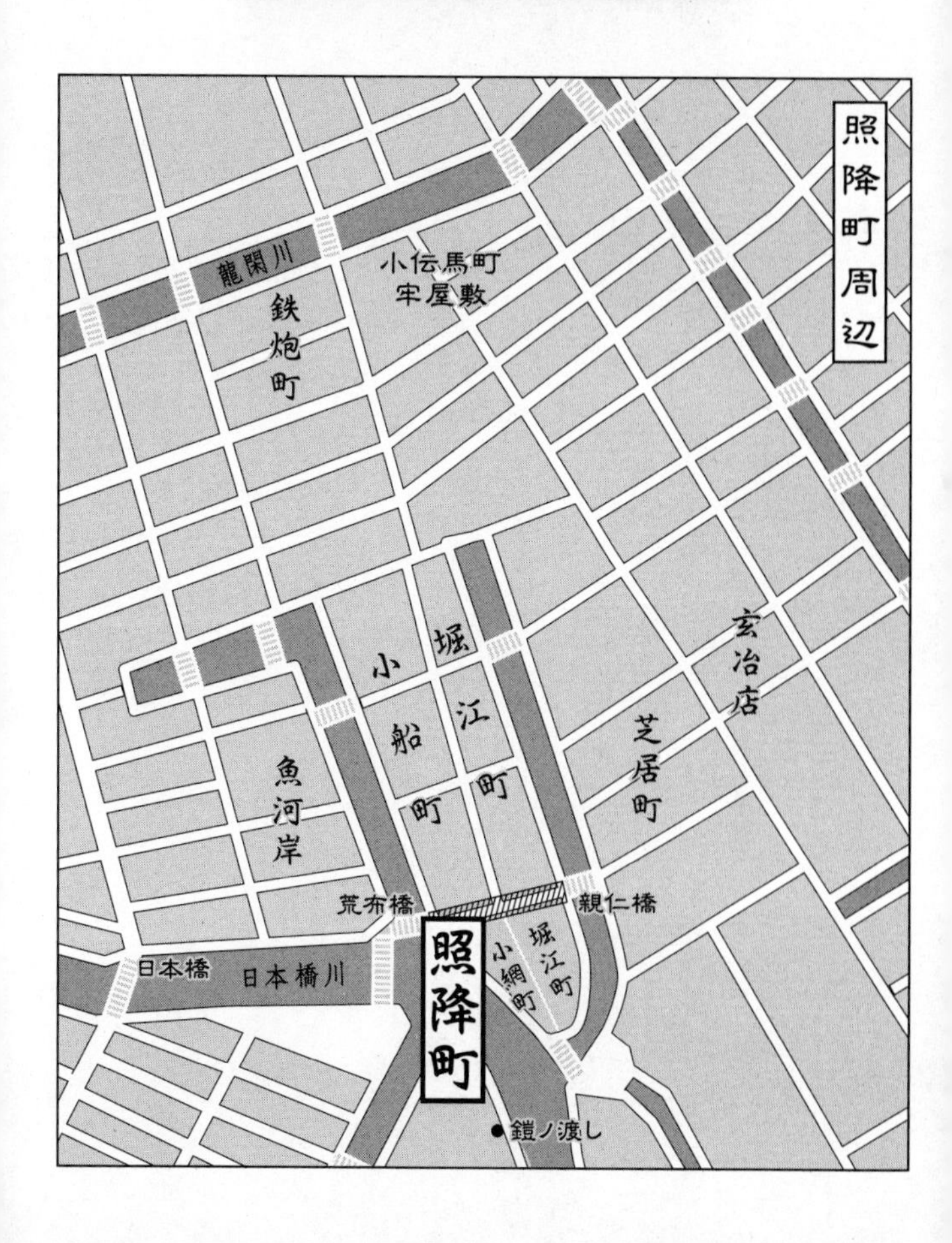
照降町周辺
龍閑川
小伝馬町
牢屋敷
鉄炮町
堀江町
小船町
玄冶店
芝居町
魚河岸
荒布橋
親仁橋
照降町
堀江町
小網町
日本橋
日本橋川
鎧ノ渡し

己丑の大火

照降町四季（二）

第一章　南峰の試み

一

　文政十二年（一八二九）三月二十一日未明。

　八頭司周五郎と蘭方医大塚南峰は、鉄炮町の一刀流武村道場で竹刀を構え合っていた。

　酒におぼれていた南峰を剣術の道場稽古に誘ったのは、照降町の鼻緒屋で働く見習職人の八頭司周五郎だった。蘭方医としては優秀な技量の持ち主の南峰は、女房がふたりの子を連れて実家に戻ったことにより酒に身を持ち崩していた。それを察した周五郎は体を動かすことで南峰の気分を変えようと企てたのだった。

　酒びたりの暮らしだったのが朝体を動かすことで心身が改善して、再び南峰はシマの住人の信頼を取り戻そうとしていた。

シマとは、日本橋川と二本の堀留に三方が囲まれた短冊形の土地のことだ。堀江町河岸と小船町河岸の二つの河岸道と日本橋川に面した小網町河岸に囲まれたこの場所を土地の人間はシマと呼んできた。このシマの南側に照降町はあった。

南峰当人も体を動かすことに面白さを覚えたらしく、進んで周五郎相手に竹刀を振るっていた。とはいえ、対等な打ち合い稽古ではない。周五郎が南峰の体を動かし、闇雲に振り回す竹刀に当たりにいく珍妙な稽古だった。それでもこの二月ほどの稽古で南峰の体は明らかに絞られていた。また動きもそれなりに軽やかになり、耐久力が備わってきた。

「師範、わしが一方的に打つ稽古には飽きたな」

「ほう、南峰先生、それがしも攻めよと申されますか」

「そなた、神伝八頭司流の遣い手というで、本気を出されても困る。力をそこそこに抜いてな、そっと攻めてくれぬか」

「力をそこそこに抜いてそっと攻めよ、と申されますか」

ふたりの問答を聞いていた牢奉行所世話役同心畠中伊三郎が、ぷうっと吹きだし、

「南峰先生、うちの稽古場で力をそこそこに抜いて、そっと打ち返せと師範に願われるのは先生ひとりだけだね」

とけたけたと笑い出した。

「おかしいか。このご仁にまともに打たれてみよ、わしは何日も起き上がれぬようにならぬか」

「師範が本気を出されたら、いかにもそのようなことになりますな」

「で、あろう。わしはなにも八頭司師範を負かそうというのではない。ちらとな、打ち合い稽古らしきものを経験したいだけじゃ。反撃せぬと分っている相手を叩くだけではつまらん、飽きたのよ」

「ならば、師範でなくともよいですな」

「そなたがわしの相手をするというか。うむっ、本気を出さぬであろうな、力を抜いてそっと叩けるか」

南峰が乞うた。

「なんとも妙な注文でございますな」

と応じた畠中が、

「師範、それがしが南峰先生の相手をしてもようございますか」

周五郎はしばし思案した。

畠中は武村道場の中でも中位の技量の持ち主だ。道場で本格的な稽古を始めて五年ほどの若手だった。気性からいっても優しい同心として知られていた。

「いいだろう。それがしが審判を勤めよう」

と周五郎が返事をした。

道場主武村實篤が脇息に凭れて三人の問答を黙ってきいていた。もはや武村は道場の指導のすべてを周五郎に任せていた。

「よし参るぞ」

と南峰が竹刀を中段に構えた。

畠中も正眼の構えで竹刀の先端をちょんちょんと上下させて南峰を誘った。

南峰が間合いを取りながら相手の竹刀の動きを自分なりに見て、一気に踏み込み、
エイッ
と気合を発して果敢な面打ちを放った。

畠中が南峰の面打ちを見抜き、間合いを見つつ軽やかに受けた。

バシッ

と竹刀と竹刀が打ち合う音が響き、南峰の体が横に流れた。そこへ畠中の小手打ちが決まり、

「い、痛っ」

と言いながら南峰は竹刀を取り落とした。

「畠中どの、元の位置に戻られよ」

と周五郎が命じ、畠中がサッと身を引いて竹刀を構え直した。

「そ、そなた、手加減するというたではないか。これでは手が腫れて、本業ができぬぞ」

と叩かれた手の甲を摩った。

「南峰先生、十二分に手加減していますぞ」

「ほ、ほんとうか。手加減せぬともっと痛いか」

「当然です。これ以上の手加減などありませぬ」

「うーむ、師範はもっと優しい打ち方と思ったがのう」

「師範は南峰先生の胴を竹刀で撫でておられたのです」

「撫でるじゃと、なぜか」

「さあて、真意は分りませんが南峰先生を鼓舞してのことではありませぬか」

「なに、あれが鼓舞か」

と首を捻(ひね)った南峰が床に転がっていた竹刀を拾い、二度三度と畠中に打たれた手で素振りをして、

「この手は数日使いものにならぬな。本日は早上がりして手を冷やす」

「南峰先生、師範が幼い子の相手をするように、打ちやすいように竹刀に当たりに行っていたのが分りましたかな。まずはもう少し体力をつけて基の稽古をし続けて下され」

と畠中に言われて、
うーむ
と唸った南峰が、

「もそっと打ち合いができると思うたがな、やはりにわか稽古ではダメか。ああ、いかぬ。手の甲が腫れてきた」

と周五郎に見せた。

「本業に差し支えますか」

「怪我人の治療はできぬな、風邪(ふうじゃ)や腹痛程度ならなんとかなろう」

と言った南峰に、

「師範、えらいことをしてしまいました」

と畠中が南峰の手の具合を案じた。

「南峰先生は、怪我人、病人の治療はしても竹刀で打たれた経験はないでな、まあ、このところ熱心に朝稽古に通ってこられたゆえ、疲れが溜まっておったのであろう、いつもより動きが鈍かったかもしれん。数日休養なされ」

周五郎が畠中に心配しないでもよいといい、南峰に稽古の休みを命じた。

「師範、本日はこの手じゃ、朝風呂はなしじゃぞ」

「それは一向に構いませぬが、いくら暇とはいえ、朝酒はなりませぬぞ」

と注意した。

「八頭司師範、案ずるな。診療所に戻ってわしの手の手当てをいたす」

「なんともえらいことになりました。それがし、手加減したのですがな」

畠中が責めを感じたか、同じ言葉を繰り返し、南峰が武村道場を早々に引き上げていった。

「大した打ち身ではなかろう、案ずるな、畠中」

と見所の道場主武村がいい、稽古が再開された。

周五郎は五ツ（午前八時）の刻限まで指導をして、鉄炮町から南峰の診療所に立ち寄ることにした。武村がいうように大した打ち身とも思えなかったが、医師ということを周五郎は忘れていた。それに畠中に任せずいつものように自分が打ち合いの相手をすればよかったと悔いてもいた。なによりあの手で診療が続けられるかどうか、いささか案じたのだ。

驚いたことに大塚南峰の診療所には人だかりが出来ていた。玄冶店(げんやだな)の御用聞き準造(じゅんぞう)の手下の戌松(いぬまつ)らの姿も見えた。

「どうしたな、なにがあった」

「賭場で喧嘩さわぎがありましてね、客のひとりが横っ腹を匕首(あいくち)で突かれたんですよ。怪我人は魚河岸の男衆(おとこし)でね、南峰先生の診療所に担(かつ)ぎこんだはいいが、最近働き始めた見習が、先生は剣術の稽古でいないっていうじゃありませんか。こりゃ、どこぞ別の医者のところに担ぎこもうと考えていたところに、いい塩梅(あんばい)に南峰先生が戻ってきたんでね、いま見習とふたりで傷口の手術をしています」

「南峰先生の手は大丈夫か」

「手がどうしました」

「道場でな、打ち合い稽古がしたいと願われて、牢屋同心の門弟と立ち合い、左手の甲を打たれて打ち身になったのだ、それで今朝は早上がりなされたのだ」

「ふーん、格別手が動かないようでもなかったな」

と戌松が周五郎の問いに応じた。

周五郎はどうやら南峰が怪我人を見て職業意識に目覚め、己の打ち身など忘れたらしいと判断した。

「怪我人は生きるか死ぬかの傷か」

「いや、傷はひどいが死ぬほどのものではないそうです」

「それはよかった、それがしはあとで南峰先生の様子を見にこよう」

と言い残し、照降町の鼻緒屋に出ることにした。

この朝、鼻緒屋の女職人佳乃は六ツ半（午前七時）時分に起床して身仕度を整えると一階へ下りた。

父親の弥兵衛はすでに目覚め、女房の八重の手助けで厠に行き、用を足して寝床に戻った様子があった。

八重は勝手に立って朝餉の支度を始めていた。

「お父つぁん、具合はどんな風なの」

「どうもこうもねえな、だんだん体から力が失せていくようだ」

「お父つぁん、病は気からというわ。当人がそんな気になったらダメよ。春はあと十日余りで終わるのよ。次は気力を出して夏を乗り切ってよ。もう一度仕事場に立つ気で頑張って」

「佳乃、そりゃ無理だ。もはやうちの鼻緒屋はおまえの代だ。宮田屋の旦那もすでに代替わりは承知していなさる。大番頭の松蔵さんもな」

言葉に諦観があった。

「わたしも周五郎さんもそれでは困るんだけどな。ふたり合わせても未だ一人前じゃないもの」

弥兵衛は珍しく言葉を続けた。

「いや、佳乃、おまえの技量はすでにおれが元気だった折を超えている。それも三年も照降町を出ていたにもかかわらず、腕が上がった。こりゃ、おれだけの考えではねえ。旦那の源左衛門さんも大番頭さんも感心していなさる」

「わたしったら三郎次の口車に乗って駆け落ちしていたのよ。どうして腕が上がるのよ」

佳乃の言葉に弥兵衛がしばらく黙り込んで思案した。そんな態度には、

(いうかいうまいか)

と迷っている風があった。

「どうしたのよ」

「佳乃、おめえ、照降町を出ていた三年、どこぞの下駄屋で鼻緒の挿げ替えをやっていたんじゃないか」

「お父つぁん、照降町以上に技量の高い鼻緒の挿げをするところは江戸界隈にはないわ。あるとしたら京だけのはずよ。在所の下駄屋で、挿げの修業なんてできるもんですか」

弥兵衛は佳乃が三郎次と駆け落ちしたはいいが、食うに困って鼻緒の挿げ替えをやっていたことを推量している風があった。あるいは周五郎が弥兵衛に告げたのだろうかと佳乃は考えたが、いや、それはないと、思い直した。

周五郎ならば前もって佳乃に了解を得るか、行きがかりで告げたとしても、あとで佳乃に詫びるはずだと思った。

「おれはおまえがどんな暮らしをしていたか知らねえ。だが、鼻緒の挿げ替えで銭を稼いでいたのなら、雇ってくれた主に感謝することだ」

と言うと、寝床の中で目を瞑った。

弥兵衛の推量に、佳乃はそうだともそうでないとも答えなかった。

「どんなところで働かせてもらおうと当人の気持ちの持ちようで腕はあがる。いぶかしいのは、おまえの鼻緒の挿げに妙な癖もやぼったさも手抜きも感じられないことだ」

と両眼を閉じたまま、弱々しく言葉を吐き、

「湯屋に行ってこい。客商売の身だしなみだ」

と弥兵衛が言った。

「そうするわ、お父つぁん」

座敷から台所に行った。朝餉のしたくをしていた八重が、

「お父つぁん、珍しく長話していたね」

と言った。

「お父つぁん、諦めちゃったのかな」

佳乃は小声で八重に尋ねた。

「どういうことだえ」

「おっ母さんも聞いていたんでしょ、お父つぁんの声を」

「半分も聞き取れなかったけどね。およそは分ったよ」

「どう思うの」

「お父つぁんがおまえに鼻緒屋の女主になることを認めたということかえ。そりゃ、いつぞや宮田屋の旦那様と大番頭の松蔵さんとお父つぁんが三人だけで話し合ったときから、決まっていたことじゃないか」

「推量はできるけどさ、ほかにお父つぁんが宮田屋の旦那様にお願いしたことはないかしら」

「さあね、それぱかりはお父つぁんに尋ねるしかないね。尋ねても答えないと思うけど。それより佳乃、湯屋に行くのなら早くしな」

台所の板の間に用意した手桶を顎で指した。

「そうね、ふみちゃんの顔を見てくるか」

手拭いや湯銭が揃えられていることを確かめて下駄を履いた。

路地から照降町の通りに出たとき、北風が、
びゅっ
と音を立てて佳乃の頬を撫でた。

妙に生暖かい強風だった。

小網湯(こあみゆ)の番台にいちを抱いたふみがいて、

「あら、今朝は少し遅くない」

「少しばかりいつもより遅いかな。お父つぁんと長話をしていた分よ」

「弥兵衛さん、長話ができるようになったんだ、よかったね」

番台の周りにはふみといちしかいなかった。

「おふみちゃん、もうお父つぁん、ダメなの」

佳乃は囁(ささや)いた。

「ダメってどういうことよ」

「南峰先生にこの夏は越せないといわれているの。おっ母さんも知らない話よ」

ふみがごくりと生唾を飲み、

「そ、そんな」

となんとか応じて、佳乃の顔を見返した。

「ごめんね、朝から内輪話を漏(も)らしてしまって」

「佳(よっ)ちゃん、知らなかったわ。そうだったのか」

ふみが言葉をようやく絞り出した。

「お父つぁんも自分が長くないことを承知しているわ。きっとどこかで諦めをつけたんだと思う。それで」

「娘の佳ちゃんと話をしたのね」

「そういうこと」

と言った佳乃は湯銭を置くと、

「湯に浸かってさっぱりしてくるね」

と言い残して番台の前から脱衣場に上がった。

この朝、佳乃は長湯をした。すると、ふみが暖簾を下ろしている気配がした。

朝湯が始まったばかりの刻限だ。

どうしたのかしら、と思いながら着物を着た。

「さっきはご免ね、つまらないことを聞かせてしまって」

「つまらないことじゃないわ。佳ちゃん、この界隈はみな身内よ。なにかできることがあれば言って。うちの爺さんとばあさんはえらく元気だからね、それに寅もいるし」

と婿の寅吉の名も出した。

「おふみ、おれがいるってどういうことだ」

暖簾を棒にぐるぐると巻きながら寅吉が番台に入ってきて尋ねた。

「女同士の話に首を突っ込まないの」

とふみが寅吉に言った。

「おりゃ、よしっぺに頼りにされてないからな」

「そんなことないわ。寅吉さんがおふみちゃんと所帯をもったと聞いて、わたしがどれだけ喜んだか知らないでしょ」

と応じた佳乃が、

「揚げたばかりの暖簾をどうして下ろしたの」

「おお、これか。春も終わろうという時節に吹くこの風よ、強い北風だぜ。舅が な、お馴染みさんには申し訳ないが、釜場の火を落とすというんだよ。湯屋から火を出しちゃ話にもならないからな」

「おふみちゃんのお父つぁんは用心深い人だからね」

「佳ちゃん、用心深いというか、臆病なのよ」

「臆病じゃない、慎重なの。うちの商売はまず火を使わないからね。帰って仕事をするわ」

「おお、最前、宮田屋の大番頭さんが湯に入ってさ、佳乃さんが来たら店に顔を出すように伝えてくれと言っていたぜ、なんでも吉原に行くんだと」

「あら、もうそんな時節なのね、ありがとう、寅吉さん」

と礼を述べて表に出た佳乃は、

（朝稽古のあと、南峰先生も周五郎さんも湯に入れないかもしれないな）

と考えた。

二

六ツ半（午前七時）時分、神田佐久間町二丁目。

神田川左岸の新シ橋から和泉橋界隈を土地の人は、向柳原と呼んだ。

和泉橋の北側付近が神田佐久間町二丁目だ。町がいつできたかは不明だ。だが、たびたびの火事によって二丁目町内は分断されて四か所に分かれていた。頻繁に起こる火事に、界隈の人は、

「佐久間町じゃねえ、悪魔町だ」

とひそかに影口を叩いていた。

材木屋の尾張屋徳右衛門方では、職人衆が西国大名家の新築する抱え屋敷の材木の切り込みを頼まれ、この日は最後の作業を行う予定であった。普請を頼まれた棟梁も立ち合って一年が過ぎようとしていた。

尾張屋では風の強い夜は、切り込みを終えた材木を保管する蔵や作業場の火の

番を見習職人や年寄職人にさせて火を出さぬよう厳重に警戒していた。

「じいさんよ、夜が明けたぜ。夜明かししたんだ、長屋に戻っていっぱいやりてえだろう」

十七歳の見習職人亀之助が、還暦を前に現場仕事から外された平吉じいに生意気な口を利いた。

「おりゃ、酒より朝湯だ。それより棟梁たちが出てくるまでまだ半刻はある。最後の見回りに行こうか」

最近覚えた煙草の煙管を弄ぶ亀之助に平吉が言った。

「じいさんよ、このまま戻れるといいのにな」

亀之助が煙管の雁首を打ち付けて、吸い差しを捨てた。何百両はしようという建材を保管する蔵の中で一夜を明かしたふたりは疲れ切っていた。ために平吉はその様子をなんとなく見たがなにも注意しなかった。徹宵で火の番をして明け方を迎え、つい安心したか注意がおろそかになっていた。

平吉じいは古女房が持たせた袖なしの綿入れを着てきたのさえ忘れていた。その綿入れが八寸角柱の下に残されていた。火が完全に消えていない吸い差しは綿入れの上に落ちた。

ふたりはゆっくりと材木場全域を見回り、尾張屋の勝手口に寄った。

「おや、宵っ張りの仕事は終わったかえ、ご苦労だったね」

尾張屋の女衆が平吉じいと若い亀之助を労った。

「おやすさん、台所に酒はないかえ。おれよ、いっぱいキュッと引っかけたい気分なんだけどな。ともかく眠気を我慢してよ、材木を守る仕事ももうすぐに終わりだからな」

「亀之助、見習のくせにナマいうんじゃないよ。煙草だ、酒だということだけは一人前だね。酒は見習の二文字がとれたときに飲ませてやるよ」

「ちえっ、おりゃ、まだ半人前か」

「立派な半人前だ」

と言いながらも、

「ほれ、台所の隅に座りな、朝餉を馳走してやるよ。めしは炊き立てだけど菜は昨夜の残りの野菜の煮込みだよ」

と女衆がふたりに朝餉を用意してくれた。ふたりとも保管蔵の木材のことをすっかりとわすれて黙々と朝飯を食い始めた。

そんな刻限、抱え屋敷の普請を仕切る棟梁や職人たちが姿を見せて、最後の切り込み作業に取り掛かった。

その間、亀之助が捨てた吸い差しはじりじりと平吉じいの綿入れの上でくすぶり続けていた。普段ならばなんということなく吸い差しは消えたろう。だが、新築材の下に隠れて、そこへ吹き込む西北の風が吸い差しの小さな炎を、平吉じいの着古した綿入れに燃え移らせていた。

晩春とはいえ、夜は冷え込む。ゆえに袖なしの綿入れを女房が持たせたのだが、妙に生暖かい風に綿入れを着る要もなかった、そんなわけで綿入れを着てきたことも保管蔵に忘れていることも平吉は気づかなかった。綿入れに包まれるように小さな火が生き続けて大きくなろうとしていた。

職人衆が仕事を始めた。

昨日まで一年余もかけて切り込んだ梁、柱、板材など膨大な新築用の建材は、保管蔵で静かに眠っていた。だが、作業場の棟とは違い、切り込んだ材木をわざわざ確かめに来る職人はいなかった。

「棟梁、今どきのご時世、これだけの普請をする大名がいるんだね」

職人頭が鉋(かんな)の手を止めて棟梁に尋ねた。

「抱え屋敷だからな、己の金子で普請だ。根岸に建てる屋敷を今から考えてもわくわくするな」

「どこも武家方の内所は厳しいというぜ。それがこの選び抜かれた材木ばかりだ、西国の大名は分限者かね」

「大きな声ではいえねえが、こちら様は異国との抜け荷商いで懐が豊かだ。それでこれだけの普請ができるのさ」

「公儀に目をつけられないかね」

「さあてな、役人衆には袖の下が渡っていようじゃないか。ともかく抱え屋敷が出来上がったときが見物だな。都雀の話題になることは確かだ」

「長いこと尾張屋に出入りをしているがよ、こんな立派な普請の下拵えをするなんて、初めてのことだ」

「おお、飛驒産の檜、京の北山杉、どの柱にも節目一つないからな、それにお国元のなんとか島からの大杉の大木と、一年がかりの仕事も今日が仕納めだ。最後まで気を抜くんじゃないぜ」

と棟梁が職人頭らに注意した。

照降町、四ツ（午前十時）過ぎ。

佳乃が宮田屋に立ち寄り鼻緒屋に戻ると表戸が半分ほど開けられていた。

おや、だれが開けたのかしら、と思い、店を覗くと八頭司周五郎が前掛けを締めようとしていた。

「あら、今朝は早いわね、剣術の稽古はお休みなの」

「そうではない。いささか曰くがござってな、南峰先生が手の打ち身で早帰りしたのだ。それがし、南峰先生の手を案じて、診療所に立ち寄った。ところがなんと手術をしておられた」

と前置きしておよその事情を説明した。佳乃が、

「なんですって、南峰先生ったらお弟子さんと打ち合い稽古をしたの」

と驚きの顔で聞き返した。

「佳乃どの、それだけ体が動くようになったということだ」

「怪我をした魚河岸の兄さんの方こそ大迷惑ね。打ち身の医者に治療を受けているのよ。ちゃんと治療してもらえるかしら」

「怪我の曰くも賭場での喧嘩騒ぎだ。南峰先生は打ち身はあっても酒は飲んでおられぬ。見習医師三浦彦太郎どのの助けもあり、突き傷を縫うくらいなんでもな

はなかった。過日、それがしの刀傷も見事に縫われた。あの折は手に打ち身はなかったが、前夜の酒が残っていたからな」

と言う周五郎に佳乃がそのときの光景を思い出したか、

「南峰先生に周五郎さんの体を動かないようにしっかりと抱きしめておれと命じられた時のことね、確かに酒臭かったわね」

と苦笑いした。

「麻酔もなく七針縫われた。それほど南峰先生は名人上手なのだ。もっとも剣術は達人とは申せぬがな」

と笑った周五郎が、

「朝湯にしてはのんびりしておられたな。それがし、朝餉をすでに食したぞ」

「朝餉ぬきはわたしだけのようね」

と店から勝手に行きかけた佳乃が、

「今日の昼下がり、吉原に行くことになったの。いっしょに行って」

「おや、宮田屋さんに立ち寄られたか」

「大番頭さんが小網の湯にきてわたしへの言付けを頼んだの。どうも雁木楼の花魁梅花さんのお呼びみたい」

「相分った。徒歩(かち)でよろしいな」

佳乃はしばし考えて、

「梅花花魁のことを最初にわたしたちに伝えたのは幸(こう)ちゃんだったわね、幸ちゃんの猪牙舟(ちょきぶね)に乗せてもらって山谷堀(さんや)まで行かない。舟賃は宮田屋さんに出してもらえるようよ」

と言った。

「ならば、幸次郎(こうじろう)どのの猪牙舟を船宿中洲屋(なかす)に願っておこうか」

「そうね、周五郎さん、そうしてくださいな」

佳乃は願い、奥に入った。

周五郎は巻いたばかりの前掛けをとり、店を出ていった。

生ぬるい北風は一段と激しさを増していた。

神田佐久間町二丁目、尾張屋の普請場。

綿入れの綿の中で燃えつづけてきた火が危険な正体を見せた。

丁寧に切り込まれた柱に保護のため巻いた紙に、そして、棟木(むなぎ)に炎が燃え移った。

弥兵衛はこのところ一日じゅう臥せっていた。だが、眼は覚ましていた。

「湯屋の帰りに宮田屋さんに立ち寄ってきたの。吉原からお呼び出しですって。大籬の雁木楼の梅花さんがわたしに会いたいんですって。昼過ぎから出てくるわね」

佳乃が父親に言った。だが、弥兵衛からはなんの反応もない。

「ちょっとだけ昼下がりから留守にするけどいいわね」

「ああ」

と力のない返事がやっと返ってきた。

このところ弥兵衛の薬は痛み止めだけだ。だが、それも日に日に効かなくなっていた。

「お父つぁん、痛いの。我慢することはないわよ。南峰先生の薬を飲む」

「もう効かねえ」

と微かな声で漏らした。それに痛み止めの服用を重ねることで弥兵衛の体の衰弱が目に見えて進行していることが分った。

「朝餉、食したの」

八重が佳乃の膳を弥兵衛の臥せる寝床の傍らに運んできた。

「話しながら食べると、お父つぁんも退屈しないだろ」

と八重が言った。

折敷膳を佳乃の前に置いた八重が、いったん台所に引き返すと自分の茶碗を持ってきて弥兵衛と佳乃の傍らに腰を下ろした。その口調には弥兵衛の病状が深刻であることに気付いた様子があった。

「昔さ、いつも三人で三度三度のごはんを食べていたよね。お父つぁんを仕事場から引っ張りだしてきてさ。お父つぁんは、仕事が気がかりで、まるで駕籠かか馬方がめしを搔っ込むように食べて直ぐに仕事場に戻った。そのあと、私と佳乃がおしゃべりしながら、食べたっけ」

「そんなころもあったわね。わたしが七、八歳のころかな。ゆっくりご飯をたべていると、お父つぁんが、『佳乃、職人がいつまで長めしを食っているんだ』と怒鳴ったわね」

佳乃の言葉に八重が懐かし気に頷いて言った。

「あのころはお父つぁんも元気だったよ」

両眼を瞑った弥兵衛はふたりの話を聞いているのかいないのか、時が過ぎるのを耐えているような気配をみせた。

「お父つぁん、わたし、勝手で朝餉を食したほうがいいかしら」

佳乃の問いに弥兵衛はわずかに顔を横に振った。もはや弥兵衛は声を出すことすら苦痛なのだろう。

「南峰先生の診察を頼もうか。そのほうが楽でしょ」

「いらねえ」

とようやく佳乃と八重が聞こえる程度の声がした。

「おまえさん、ぬるい茶だけど飲むかえ」

顔を歪めた弥兵衛が顔をわずかに振った。

「よ、よしの、やえ、よくきけ」

と弥兵衛が声を絞り出した。

「なによ、お父つぁん」

佳乃が箸を手にしたまま聞き返した。

「み、宮田屋の旦那におれが死んだあとのことは、ね、願ってある。この店を、よ、佳乃が継ぐことを旦那は承知された」

「おまえさん、過日、そんなことを頼んだんじゃないかえ。もう佳乃がうちの女主となることは承知していたんだろうが。それよりなにより、なぜ今ごろそんな話を持ち出すんだえ」

と八重が言った。

「よ、佳乃、おりゃ、おわりだ。弔い(とむら)のことも宮田屋に頼んである。すべてげ、源左衛門さんが承知していなさる」

「なにもこんな折に言い出さなくてもいいだろうが。おまえさんは南峰先生の薬を飲んで元気になることだけを考えて養生するのがいまの仕事だよ」

「や、八重、南峰先生だってお手上げなのは半年以上も前からしょ、承知していなさる。おりゃ、なにも悔いはねえ、こうして親子三人が顔をそろえているんだからな」

と最後の力を絞りだすように言った。

佳乃は口もつけぬまま箸をおき、

「お父つぁん、安心して。鼻緒屋の店を立派に継いでみせる」

とはっきりと答えていた。

神田佐久間町尾張屋の作業場。

切り込みを終えた部材が仕舞われた保管蔵の中で火の手が上がった。だが、未だだれも気付かなかった。

一晩夜明かしした平吉じいと見習職人の亀之助は、佐久間町裏手の長屋や尾張屋の店の二階で仮眠をとっていた。

保管蔵の中で炎が上がってから半刻もしたか、新たに切り込んだ柱を担いで蔵の戸を開けた職人の顔に猛烈な炎が襲いかかった。

「ああー」

と悲鳴を上げて柱を肩から落とした職人が蔵の中で燃え上がる材木を見て、

「と、棟梁、ほ、保管蔵の中に火が入った」

と外から火が入ったと勘違いしたか、大声で喚（わめ）いた。

「なんだと」

「どうした」

と棟梁や職人衆が手に鉋や手斧を持って作業場から飛び出してきた。

「天水桶（てんすいおけ）の水をかけろ」

と棟梁が叫んだ。

そのとき、烈風が蔵の中に吹き付けて、次の瞬間、蔵の屋根瓦が割れ飛んで大きな炎が立ち上がった。

「ひ、火消しだ」

と棟梁は叫びながら、己の半生でいちばんの大仕事が火事で消えていく光景に茫然自失した。


照降町鼻緒屋。

四ツ半（午前十一時）時分。

半鐘の音が北風に乗って響いてきた。

「火事だよ。この風の最中に嫌な感じだよ」

八重が半鐘に注意を向けた。

火事と喧嘩は江戸の華、と言われたが火事で儲かるのは木場の材木商人だけだった。

そのとき、店先に周五郎が急ぎ帰ってきた気配があり、

「幸次郎さんは承知した」

と吉原行の猪牙舟の手配を告げ、

「佳乃どの、火事は神田川向こうの神田界隈かもしれぬ。それがし、様子を見て

きていいか。火事がどの程度か、分ったらすぐに戻ってくるでな。万が一という
 こともある、親方の身を守る仕度を願おう」
と姿も見せず声だけで言い残した周五郎に、
「わ、分ったわ」
と佳乃は返答した。
その瞬間には周五郎の気配は店先からも消えていた。
一つだけ聞こえていた半鐘の数がどんどんと増えていた。
「大火事にならなきゃいいね」
と八重が不安げに呟いた。
佳乃は朝から吹いていた生暖かい北風が気になった。
「よ、佳乃、まさか神田辺りの火事が照降町までこないよね」
「風も火も家並みのことなんて考えないわよ。おっ母さん、万が一ということも
ある、大事なものがあれば纏めておいて」
と言いながら宮田屋から預かった品は昨日届けたばかりで、今日の昼下がりに
宮田屋から新たな品が届くはずだと、思い起こした。
「おっ母さん、お父つぁんのそばから離れないでよ。わたし、仕事場を見てく

る」

「宮田屋さんから預かった品はないんだろ」

「仕事の道具だけはひと纏めにしておきたいの」

「佳乃、大火事にならないよね」

八重の不安に塗（まみ）れた顔に老いを見た。

（鼻緒屋の主はわたしなんだからね、しっかりしなきゃ）

と己に言い聞かせた。

「身内三人がこうして揃っているんだから大丈夫よ」

と母親を勇気づけた。

三

小伝馬（こでんま）町の牢屋敷の裏手の龍閑（りゅうかん）川に出たとき、炎と煙が東へ向かって広がっていることを周五郎は認めた。

「風具合だが、こっち側は大丈夫だな」

と職人風の男たちが待合橋の袂（たもと）で言い合っていた。

周五郎は少しばかり安心して鉄炮町の武村道場に顔をだした。

「おお、師範、火元を確かめにきたか」

と門弟のひとりが周五郎の顔を見て尋ねた。牢屋同心だが、稽古はあまり熱心でないゆえ、名前は覚えていなかった。

「先生はどうしておられる」

「一応、荷物を纏めて、と言っても貧乏町道場の道場主だ。ご夫婦で風呂敷一つに纏められたようです」

「お顔を見ていこう」

一刻余り前に辞した道場の奥に向かうと、武村實篤がいつものように見所に座して脇息に両腕をかけて凭れていた。

「先生、火元が近いゆえ、気になりましてな」

「見にきてくれたか」

と武村が平静な声音で周五郎に尋ねた。そこへ若手の門弟畠中伊三郎が飛び込んできて、

「おお、武村先生に師範か。火は神田川の左岸沿いに両国橋のほうへ、武家地を燃え移っております。ただ今のままならば大川で止まってくれるのではないかと、

期待しておるのですが」

「炎はそれほどの勢いかな」

「師範、なにしろ風が舞っておる。火元は神田佐久間町の材木屋だというから燃えるものがいくらもあろう。材木屋を焼き尽くして神田川沿いに河口に向かって凄まじい勢いで広がっているようです。対岸の柳原土手から見ても怖いな。町火消しだろうと大名火消しだろうと打つ手はあるまい。神田川と大川の合流部まで広がるのはもはや致し方ありますまい」

と畠中が言った。

「牢屋敷はどうするな」

と武村が尋ね、

「ただ今のところ牢奉行は解き放ちを考えておられぬ。こちらに広がる気配は今はございませんでな」

と畠中が答えた。

火事の折、囚人の解き放ちの可否は、牢奉行石出帯刀が権限を有していた。

「畠中、ということはわが道場に炎は飛んでこぬな」

「先生、風向き次第ですが、ただ今のところ大丈夫かとみました」

「ひと安心かな」

と武村が脇息から上体を起こした。

武村らが火事の広がりを気にしつつも、なんとなく悠然と構えているのは、昼間の火事だからだろう。それに神田川の北側というので安心していた。

「武村先生、それがし、仕事場に戻ります」

周五郎が武村に言った。

「師範の仕事は照降町で鼻緒の挿げ替えであったな」

「いかにもさようです」

「なに、師範の内職は、鼻緒の挿げ替えですか」

若い牢屋同心が初めて知ったようで驚きの顔で問うた。

「おお、照降町の鼻緒屋でな、仕事をさせてもらっている」

「師範ほどの剣術の腕がありながら、鼻緒の挿げ仕事とは」

「呆れたか。それがし、剣術は好きじゃが剣術で金子を稼ぐ気はない」

周五郎の言葉に武村が、

「すまんな。うちも一文も給金を払っておらぬ」

と詫びた。

「武村先生、それがしが好きで道場稽古をさせてもらっておるのです。それがしのほうこそ束脩もお払いしていません」

火事が神田川の向こうとあって道場の問答も妙なところにいった。

「そなた、雪駄や下駄の鼻緒の挿げ替えの折には照降町に来てくれぬか。安くしておくでな」

と周五郎が若い牢屋同心に言った。

「牢屋同心風情が師範に鼻緒の挿げ替えをしてもらってよいのでしょうか」

「客ならば威張って参られよ。それがしの手に余るようなれば師匠がおるでな」

「照降町の鼻緒屋の親方は名人と言われる腕でしたな、名前は確か弥吉か」

「畠中どの、弥兵衛にござる」

「おお、弥兵衛じゃ。そのもとで師範は鼻緒を」

「弥兵衛どのはひどい喘息を病んでな、臥せっておられる」

と答えた周五郎は急ぎ帰らねばならぬことを思い出した。

「となると親方なしですか」

「いや、娘御がただ今は鼻緒屋の女親方にござってな、親父様以上の技量をお持ちじゃ」

「なんと師範は女職人のもとで鼻緒の挿げ替えをな」

と若い同心が妄想逞しく考えている様子に、

「照降町は鉄炮町より火元からは遠いで安心した。じゃが、この風がな、気になる。店に戻ります、先生」

周五郎は、これで武村道場の師範は鼻緒の挿げ替えが本業と門弟の間に広がるな、と考えた。すると武村が尋ねた。

「師範、南峰医師の手の打ち身は大丈夫かのう」

「それがし、最前稽古帰りに診療所に立ち寄りました。すると魚河岸の兄さんが賭場の喧嘩さわぎで匕首にて刺されたとか。先生は見習医師といっしょに手術をしておられました。打ち身は大丈夫のようです」

「それはなにより」

武村の顔に安堵の表情が漂った。

「気をつけて帰れ」

「先生方も、風具合でどちらに火の手が広がるか予測もつきませぬ。気をつけて下され」

「師範、牢屋奉行どのが囚人の解き放ちをしないかぎりうちは安心でな、こちらを案ずるな。鼻緒屋に戻ってやれ」

との武村の声に一礼して、再び周五郎は道場から町へと飛び出していった。

そのとき、炎が、
ごおっ
と凄まじい音を響かせているのに気付いた。

最前まで感じられなかった、恐ろしい轟音だった。

なにしろ北西の風が巻くように吹いているので、炎が大きく広がっているのが察せられた。北から西に渦を巻くように炎が町屋から武家屋敷の向こうに上がり、だれもが避難する間合を確かめているようで、屋根に上っている人影もあった。

あちらでもこちらでも早鐘が打ち鳴らされていた。

周五郎は大伝馬の辻に出た。すると大勢の人々が火事の方角を睨んでいて、大八車に呉服など品物を積んで避難仕度をする店もあった。

「こりゃ、なんとも言えませんな」

「お城ではよ、櫓に上がって徒士目付が火事の方角を見定めているぜ。千代田の城ったって、これまでもよ、天守閣が燃え落ちたくらい炎が飛んでくるというからな。公方様が西ノ丸に移られたら、大火事間違いなしだ」

と物知りの隠居が興奮の体で言った。

周五郎は火の手が最前より大きくなっているのを確かめ、照降町に走りながら、

（吉原どころではないな）

と佳乃からいわれていた吉原の雁木楼の梅花の呼び出しに応える件は無理だと思った。そして、鼻緒屋に戻る前に大塚南峰の診療所を覗いていこうと考えた。

小船町の診療所の前に南峰自身と見習医師の三浦彦太郎が立って火の方角を見ていた。

「南峰先生、怪我人の治療は終わりましたかな」

「おお、師範か。そなたの刀傷と違い、匕首で刺されておるでな、わしの打ち身どころではなくなったわ。厄介な手術であった。だが、なんとか最前治療は終えた。じゃが、この炎がこちらに向かってくるとな、怪我人をどこぞに避難させねばなるまい。魚河岸の魚問屋の主が入堀に舟を用意してな、万が一の場合、川向こうの深川佐賀町の家に移すそうだ。そんなわけで、われらも医療道具や薬の類を舟にのせてもらうことにした。火事が鎮火できなければ、怪我人を川向こうに運ぶことになる」

「その折は手伝いにきます」

「そなたは鼻緒屋に病人を抱えておろう。そちらの世話を致せ」

「いかにもさようでした」

と受けた周五郎は照降町に戻る前に杉森新道の長屋に立ち寄ることにした。持ち物などはほとんどない。だが、わずかな金子を長屋の床下に隠していた。それを取り出しておけば、どのようなことがあろうとも、弥兵衛の世話ができると周五郎は考えたのだ。

「浪人さん、どうしたの」

みつが弟妹たちの手をひいて長屋の木戸口に立っていた。父親が仕事場から戻るのを待っているのではないかと思った。みつの父親は大工だった。

「親父さんは普請場かな」

当然、本日もどこぞの普請場で仕事をしているはずだった。

「お父つぁんの普請場は、筋違橋向こうの神田花房町と聞いたわ」

「なに、神田花房町か、火元に近いのではないか」

「えっ、火元に近いの」

「おみつどの、火元は神田佐久間町だと聞いた。もしそれが真のことだとすると、神田川の橋一つ上流が親父さんの普請場だな。されど筋違橋の北側は火除地であろう。それに風は北西から吹いておる、まず親父さんの身になにかがあるということはあるまい」

と周五郎が答えたところに当の大工与助が道具箱を担いで喘ぎながら戻ってきた。炎に追われて走り戻ってきたのだろう。

「ああ、お父つぁん、無事だったのね、よかった」

みつが安堵の言葉を漏らした。

「与助どの、火元は神田佐久間町の材木屋と聞いたが真か」

「おお、浪人さんか。材木問屋の、切り込んだ材木柱なんぞを保管した蔵から火の手が上がったそうだ。炎はこの風に煽られて、大川の方向に向かって広がってやがる。うちの普請場は建前もしてねえ、基を造り始めたばかりなんだ。それで親方がおれたちに、なにがあってもいいようにしねえ、とうちに帰ることを許してくれたんだ」

「そうか、思いやりのある親方じゃな。で、火は大川で止まりそうにないかな」

「浪人さんよ、この風はよ、まるで冬場の風のように北から吹いて渦を巻くように広がってやがる。大川の向こうに飛び火することはあるまいが、神田川のこちらに火が燃え広がっても不思議はねえ。だが、おれたち貧乏人のいいとこは持ち物が少ないことだ」

と与助がいい、

「お父つぁん、もう夜具も衣類も風呂敷に包んであるわ」

「よし、様子を見ようか」

周五郎は自分の長屋に戻ると、わずかな着換えを風呂敷に包み、畳を上げ、木箱から五両三分の入った財布と布に包んだ脇差を取り出した。畳をおろしたとき、

「浪人さん、なにか手伝うことある」

とみつの声が腰高障子の向こうからした。

周五郎は久しぶりにお目にかかった財布から一両を抜いた。だが裏店暮らしに懐紙など洒落たものは持ち合わせなかった。財布を懐に入れ脇差と一両を手に、

「おみつどの、それがしは鼻緒屋に戻る。あちらは承知のように病人をひとり抱えておるからな」

「よっちゃんを、佳乃さんを助けてあげてください」

「畏(かしこ)まった」

と応じた周五郎は、

「おみつどの、火事が収まればこの長屋に戻って参る。されど鎮火せぬことには

なんともいえぬ。むき出しで非礼は承知じゃが、この一両受け取ってくれまいか。かような場合だ、なにがあっても頼りになるのは金子ゆえな」

とみつの手に押し付けた。

「浪人さん」

みつはいったん押し返そうとした手から力が抜け、一両を見て涙をぼたぼたとこぼした。

「もう少し手伝いができればよいのだが」

「とんでもないわ。うち、一両なんてあったためしはないもの」

「そなたのよいように使いなされ。それがし、鼻緒屋に戻るでな」

と言い残した周五郎はみつの涙を見ぬように傍らをぬけて照降町へと走り出した。

半鐘の音に交じって石町の時鐘が鳴って九ツ（正午）を知らせた。

鼻緒屋に飛び込むと佳乃が立っていた。

「すまぬ、遅くなってしまった。弥兵衛どのの具合はどうか」

「お父つぁんは、もうなにも言わないわ」

「佳乃どの、吉原は無理であろうな」

「まだ火に勢いがあるんでしょ、無理ね」

「ならばそちらは後日にして、弥兵衛親方を避難させる手立てを考えぬか」

「どういうこと。火事が照降町に降りかかるというの」

「神田川の向こう岸から出た火が川沿いに大川へと向かって広がっておる。炎は大川でせき止められようが、風具合でこちら岸に飛び火することも考えられると、おみつどのの父親が言うのだ。嫌なのはこの烈風じゃ、馬喰町や米沢町の町屋に飛び火したら、一気に町屋を燃やしつくして照降町から魚河岸に燃え移らぬともかぎらぬ。その前に親方を安全な地に移したい」

「お父つぁんを移したいってどういうことよ」

佳乃が緊張の声音で質した。

「南峰先生の診療所では、治療したばかりの怪我人をな、舟に乗せて深川佐賀町に避難させるとのことだ。うちも幸次郎どのの舟で向こう岸に移さぬか」

佳乃はしばし沈黙したが、

「いいわ、お父つぁんとおっ母さんを深川黒江町の因速寺にしばらく預かってもらうわ。うちの檀那寺なの」

「おお、深川なればいくらなんでも飛び火はしまい。よし、中洲屋に願ってこよう。ほかになすことはないか」

「もう仕事の道具はまとめてあるわ。あとはお父つぁんの衣類と夜具だけね」

「ならばひとっ走り中洲屋に参る」

「待って、宮田屋に吉原のことを断っていきたいの、宮田屋までいっしょに行って」

周五郎と佳乃が下り傘・履物問屋の店に飛び込むとこちらも最悪の場合を想定して外蔵に大事な道具類や下り品の履物類を仕舞いこんでいた。

「おお、ふたりしてどうしなさった」

大番頭の松蔵がふたりを見た。

「この火事、すぐには鎮火しますまい。万が一の折のことを考え、お父つぁんとおっ母さんを深川黒江町の因速寺に預けとうございます。そのことをお知らせに」

「うむ、病人はそのときになってからでは間に合いませんからな。承知しました。ああ、そうだ、吉原行も火事が収まってからにしましょうか」

と松蔵のほうから言い出した。

佳乃が頷き、周五郎が言い足した。

「それがし、舟で親方を送ったらすぐにこの照降町に戻って参ります。こちらは大店(おおだな)で人手もございましょう。じゃが、なにか手伝うことがあれば、なんでもお申しつけ下され」

うむ、としばし沈思していた松蔵が、

「八頭司さんは確かに照降町に戻ってこられますな」

と念押しした。

「わたしも病人を送ったらできるだけ早く戻ります」

と佳乃が応え、松蔵がなにか思いついたか、

「八頭司さん、大店はかような大火事の場合のことを考えてございます。深川から戻った折に顔出しして下され。万が一、照降町に火が入り、この界隈がすべて焼失したとしても、顔出しして下されよ」

「それがしにできることなればなんなりと」

周五郎が承知の言葉を繰り返した。

佳乃と周五郎は宮田屋の前で別れることにした。

「幸次郎どのさえいればそれがしも同乗してすぐに荒布橋(あらめばし)にくるでな」

「お願い」

と言った佳乃が鼻緒屋のほうへと駆け出していった。

その背を見送りながら周五郎は火の手を見た。

晩春の昼間だというのに真っ赤な炎が神田川河口付近と思える方角まで広がって天を焦がしていた。

「八頭司さん、こりゃあ、文化の火事か、いや明和の大火事以上になるかもしれませんぞ」

と松蔵の声がした。

「八頭司さん、最前の頼みですがな、そなた様ひとりの胸に仕舞ってもらわねばなりません。宮田屋が焼失した場合、再建にとても大切なことなのです」

「それがし一人の胸にですか。それがしの主は佳乃どのですが」

「佳乃さんにも内緒にしてくだされ。そなた様を信頼してのことでございます」

「鼻緒屋のためにもなりましょうか」

「なりますとも」

「ならばそれがしの胸に秘めます」

うむ、と大きく松蔵が頷いた。

周五郎は船宿中洲屋へと走り出す前に荒布橋を振り返った。すると佳乃が老梅の幹に手をおいてなにか祈願している姿が見えた。

四

周五郎は箱崎町の船宿中洲屋に走りながら、火の粉が風に乗ってこちらに飛んでくるのに気付いた。

神田佐久間町の材木問屋で起こった火事は、いつの間にか神田川左岸沿いに大川合流部まで届き、大川の流れに阻まれた炎は神田川を越えて両国西広小路へと飛び火したようだと、周五郎は判断した。

中洲屋でも飛んでくる火の粉に緊張の様子で馴染み客たちが詰め掛けていた。比較的安全な川向こうの深川本所に年寄り子供を移そうというのだ。

周五郎はそんな騒ぎの中に幸次郎の姿を認めた。

朝方、吉原行の予約をしたばかりだ。

「おお、八頭司の旦那、吉原行は無理だな」

「もはや吉原どころではないな」

ふたりの会話を客たちが耳にして、

「この火事の最中に吉原ですか」

「お客さん、吉原たって登楼する話じゃない。仕事でさ、予約を受けていたんだよ。遊びなんかじゃありませんぜ」

と幸次郎は殺気立つ客に落ち着いた声音でいった。周五郎は、

「幸次郎どの、ちと頼みがある。弥兵衛親方を檀那寺に移したいのだが、吉原行の予約をこちらに変えられぬか」

と小声で願った。

「八頭司の旦那、こっちにきてくんな。船宿には舟が残っていないんだよ、表向きだがよ」

と中洲屋から離れた場所に一艘舫（もや）われた年季ものの猪牙舟に案内した。

「旦那、舫い綱を外してくんな。こっちに火が燃え広がるまでに弥兵衛さんを深川に運んでいくからよ。よしっぺんちの檀那寺はたしか深川黒江町だったな。北川町、蛤町なんぞに囲まれた因速寺だ」

幸次郎が急ぎ猪牙舟を船着場から離すと日本橋川の手前に架かる崩橋（くずればし）へと舳先（へさき）を突っ込ませた。

「幸次郎どのの家は避難されたか」

「親父がな、火元が神田佐久間町、この北風だと分ったときから本所の知り合いに身内を早々と移したんだ。親父とおれは船頭だ、少しでも人を助ける仕事を続ける覚悟だ」

「さすがに幸次郎どのだな」

ふたりは佳乃を神奈川宿に連れ戻そうとした三郎次らの一件に関わり、三晩ほど荒布橋の奥の堀留に泊めた屋根船で夜明かしした間柄、お互い気心が知れていた。

「佳乃どのに幸次郎どののような幼馴染がいて大助かりだ」

「八頭司の旦那に比べたらよ、おれなんぞは大したことはねえ。旦那のほうがよほどよしっぺの役に立っているぜ」

「この際だ。聞いておこうか」

「なんだえ」

日本橋川の流れの上を風に煽られた火の粉が飛んでいく。鎧ノ渡しでは大勢の乗合い客を満載した舟が南茅場町の船着場を目指していた。

「佳乃どのが三郎次と付き合う前に幸次郎どのは佳乃どのに声をかけなかったか」

「おお、そのことか。まさかな、あれだけ利口なよしっぺが三郎次なんて女たらしに引っかかるとは思いもしなかったよ。おれも迂闊(うかつ)だったよな」

幸次郎は周五郎の問いに直には答えず、嘆いた。

「三年経って佳乃どのは戻ってきた。いまはどうだ」

「八頭司の旦那よ、三年は長いぜ。お互いあれこれとあらあ。もはや幼い折のよしっぺじゃあるめえ」

幸次郎が櫓(ろ)を操りながら淡々と告げた。

「佳乃どのの三年は当人から聞いたでおよそ承知じゃ。そなた、幸次郎どのにはよい女(ひと)との出会いはなかったのか」

「うむ、女かい。よしっぺがいなくなって一年過ぎたころかな、柳橋で乗せた芸者とな、いい仲になったのさ。歳はおれより二つうえだったかね。いい女だったね」

と幸次郎が遠くを見詰める眼差しで、言った。

幸次郎の告白が終わっていないと見て周五郎は無言で待っていた。

「周五郎さんよ、半年ほど付き合って別れたな。いや、別れたんじゃねえ。向こうから縁を切られたのよ」

と櫓を漕ぎながら淡々と言った。

「なぜかのう、そなたほどの好漢は滅多におらぬぞ」

幸次郎はしばし間を置いて静かな口調で言った。

「おれと懇ろになってもよ、おれの胸にだれかべつの女がいるというのさ」

周五郎も沈黙のあと、

「佳乃どのじゃな」

「旦那、そう容易く決めつけねえでくんな」

と幸次郎が釘を刺した。

「それがしは江戸っ子がいう野暮天でな、幸次郎どののほどの男を袖にする女心が分らぬでな」

うむ、と唸った幸次郎が吐き出すように最前とは違う口調で言った。

「やはりよしっぺの駆け落ちはおれの胸の底にわだかまっていたのかね。柳橋の女のあとも何人かの女と付き合ったが結局、別れたな」

「三年は長うござるか」

「歳月は取り戻せないぜ」

「過ぎし日々は取り戻せまい。なれどこの先、ふたりして話し合う機会もあろう。

ふたりならばいい夫婦になると思ったがな」

「所帯だなんだって話は、この際なしだぜ。よしっぺとおれとは立場が違う、野暮天の旦那」

「そうか、かような場合に話すことではなかったか」

櫓を漕ぎながら幸次郎が昼下がりの江戸の空を飛ぶ火の粉を見ていた。

「ひょっとしたらひょっとするぜ」

「どういうことだな」

周五郎は幸次郎が佳乃のことへ話を戻したかと思った。だが、幸次郎は、

「お城に火が入るかもしれないってことだよ」

この火事が千代田城を巻き込むかもしれないと言っていた。

「ということは魚河岸も日本橋も燃え落ちるということか」

行く手に江戸橋が見えてきた。魚河岸から江戸橋広小路へと大勢の人々が家財道具を抱えて押し合いへし合いしながら渡っていた。周五郎の問いには答えず、

「おっ、荒布橋によしっぺがいやがるぜ」

「まずは弥兵衛親方とおかみさんを深川の因速寺とやらに移そう。佳乃どのはすぐにも照降町に戻ってくるというておったが、まず親方夫婦を落ち着かせぬとな。

なにより病人を寺が引き受けてくれるかどうかだ」

「檀那寺だ、かようなときは檀家を守るのも務めだろうが。火事が広がったあとでは場所もないが、今ならまず弥兵衛さんが真っ先に着くだろう、ならばなんとかなるさ」

と答えた幸次郎が、

「旦那はどうするよ」

「幸次郎どの、それがしは親方夫婦を寺に届けたら照降町に戻る。鼻緒屋を守るのが半人前の鼻緒の挿げ替え職人の務めだ」

と言いながら、周五郎は宮田屋の大番頭から願われた頼みを考えていた。

「幸ちゃん、周五郎さん、お父つぁんとおっ母さん、それに仕事の道具を橋の袂(たもと)に運んできたわ」

弥兵衛は戸板に乗せられて寝かせられていた。

「よっしゃ、まずは弥兵衛さんをよ、戸板ごと猪牙に運びこもうじゃないか」

と幸次郎が指示して、周五郎は猪牙舟から橋の袂に飛び移り、戸板に臥せる弥兵衛を見た。初めて会った折の弥兵衛から一回り小さくなっていた。戸板は裏口のもので表戸の戸板より幅も長さも小さかった。

「こりゃ、裏戸だな。周五郎さんよ、戸板をしっかりと猪牙舟の胴ノ間に縄でよ、固定するぜ」

「相分った」

周五郎と幸次郎で戸板ごと猪牙舟の胴ノ間に乗せた。すると、猪牙舟に船頭の幸次郎を加えて五人が乗ることになる。周五郎は大川を横切れるであろうかと案じた。ここは、

(己が照降町に残ろう)

と決めた。だがそれを察したか、

「周五郎さんよ、でけえ体はおれとおまえさんだけだ。あとは女ふたりと病人の弥兵衛親方だ。おれの腕を信じねえ。きっちりと因速寺に着けてやるからよ」

と言った幸次郎が、

「よしっぺと仕事道具はおれの足元、おっ母さんは弥兵衛さんの傍ら、周五郎の旦那は舳先にいてな、火の粉が飛んでくるのを避ける役だ」

「よかろう」

周五郎は猪牙舟に備えられていた竿を摑んで仁王立ちになった。

「よし、行くぜ」

周五郎が竿の先で荒布橋の欄干を突き、日本橋川に舳先を向けた。右手に架かる江戸橋では、最前よりも人の往来が増えていた。火元から少しでも遠ざかり、江戸の南へと避難しようという人々の群れだ。あまりの人の数に身動きがとれないでいた。それを見た佳乃が、

「幸ちゃん、ありがとう」

と幼馴染に礼を述べた。

「旦那、聞いたか。おりゃ、二十何年も生きてきたがよ、この齢までよしっぺから礼を言われた覚えはねえぜ」

「ふっふっふ」

と周五郎が笑い、

「幼馴染はいいものだな」

「そういうことだ、野暮天の旦那」

「幸ちゃんが覚えてないだけよ。わたしだってお礼の言葉くらい知っているわよ」

と言い返した佳乃が、

「八頭司周五郎さんは野暮天なの」

「おう、おれが言い出したんじゃないぜ。周五郎さんおん自らの言葉よ」

と幸次郎が慌てて訂正した。

「佳乃どの、幸次郎どの、そなたらと違い、それがし、西国豊前生まれだ、そのあと父が江戸藩邸の定府を命じられて江戸に引越してきた。まあ、江戸の方々が言われる部屋住みの浅黄裏だからな」

「な、本人がそう言っているだろ。だがな、よしっぺ、浅黄裏が照降町でよ、鼻緒の挿げ替えなんぞやるか。粋だね」

とこんどは褒めた。

「幸ちゃん、大きな火の粉だよ」

と八重が叫び、弥兵衛の顔に火の粉が当たらないように手拭いをかけた。

周五郎が舳先にたつと飛んできた火の粉の塊を竿で水に叩き落とした。

「こりゃ、大火事になるよ」

八重が不安を訴えた。

「火事と喧嘩は江戸の華というがよ、だれも火事には勝てねえよ。これだけ広がると火消しなんぞはものの役にも立つまい」

喫水ぎりぎりまで客を乗せた舟が鎧ノ渡しを南茅場町に向かって横切っていく。

乗り合い舟ばかりではなく、日本橋川を往来する大小雑多な舟がどれも人を乗せて右岸に向かって火の粉の下を急いでいた。乗っている人々はだれも恐怖と不安と絶望の表情で顔を引きつらせていた。

「お、八重、おりゃ、まだ死人じゃねえ。か、顔の手拭いを」

「とるのかえ。火の粉が飛んでいるんだよ」

と八重が言いながら手拭いを外した。

ふっ

と息を吐いた弥兵衛に、

「お父つぁん、水を飲むかえ」

八重が急須の口を弥兵衛の口に持っていった。

「ま、末期（まつご）のみ、みずか」

弥兵衛が冗談を言った。

「縁起でもないよ」

「え、えんぎもなにもあるか。なんだか、景気がいいな。まるで両国橋の花火の宵のようだよ」

「親方どの、身罷（みまか）る人間の言葉ではございませぬな。今しばらく長生きして下され」

「八頭司さんよ、おりゃ、にぎやかに三途の川を渡っているようだよ」

「じょ、冗談はよしてよ、お父つぁんがあちらに行くのは勝手だけど、わたしたちまで巻き込まないでよ」

と佳乃が応じた。

「おい、八重、佳乃、おれを起こしてくれないか」

「どうするのよ、お父つぁん」

「お、起きてよ、し、しっかりと火事を見ておきたいんだよ」

周五郎は竹竿の先で火の粉を払いながら、久しぶりに弥兵衛の元気な声をきいたと思った。佳乃と八重が痩せた弥兵衛の上体を起こした。

「おお、なんとも見物だな」

「火事の最中に病人のたわ言なんてよしてよ、みんな必死で火元から離れようと夜具を担いだり、大荷物を負ったりして橋を渡ろうとしているのよ」

「佳乃、みんなのお陰でよ、おれは最後にえれえ見物をさせてもらったよ」

「お父つぁんが火事が好きなのは知っていたけど、これほどまでとは思わなかったわ」

佳乃がぼやいた。

幸次郎の猪牙舟は、日本橋川から左に曲がって崩橋を潜り、永久橋に向かっていた。

北側には播磨国山崎藩本多家の江戸藩邸など武家屋敷が並んでいた。そんな一軒の武家屋敷から太鼓の音と重なって、

「火が入ったぞ」

と叫ぶ声も聞こえてきた。

「ありゃ、上総貝渕藩林様の屋敷だな。大川の脇の流れの岸辺にあってもよ、空から飛んでくる火の粉はどうにも防げなかったか」

幸次郎の船宿中洲屋はこの近辺にあった。だからこの界隈のことは詳しかった。

そのとき、一艘の荷船が幸次郎の猪牙舟に近づいてきて、

「中洲屋の猪牙であるな。舟などすべて出払ったと主がいうたが、あるではないか。河岸に寄せてわれらに猪牙を渡せ」

旗本家の家臣が幸次郎に命じた。

「おや、寄合席久我様のご家来ですかえ。見てのとおり、こちらは病人をね、深川まで届けるところでさ。他をあたりなせえ」

「病人だと、起きておるではないか」

　荷船には満杯に長持ちなどが積み込まれていた。

「久我様では早々に引っ越しですかえ。気が利いてなさるね」

　幸次郎が平然とした声で応じた。

「そのほう、船頭の幸次郎じゃな、怪我をせぬうちに猪牙舟を明け渡せ」

「曰くは最前言いましたぜ」

「おのれ、われら、大事な御用である」

「こっちもね、大事な御用でございましてね」

　荷船の舳先に乗っていた家来のひとりが槍の鞘を払い、

「ひとりずつ穂先の錆にしてくれん」

と構えると、まず一見助船頭にも見える周五郎に向かって脅しのつもりか、槍を突き出した。荷船の上でへっぴり腰の槍さばきだ。あっさりと周五郎の竹竿が穂先に絡んで横手に流すと、次の瞬間、竿先が相手の鳩尾を軽く突いた。

　ううっ
と呻き声を残した久我家の家来が槍を手にしたまま流れに、どぼんと音を立てて転落した。

「ほれ、言わねえこっちゃない。こういうのを生兵法は怪我のもとっていわないか、鼻緒屋の浪人さんよ」

幸次郎が周五郎に言い、猪牙舟から永代橋の上流部の大川が見えた。

その瞬間、一同は言葉を失くした。

大川の西側は巨大な炎と煙に包まれていた。もはや昼だか夜だか分らないくらいの炎と煙だった。

「おー、とんでもねえことになったぜ」

幸次郎がしばし茫然自失したのち、呟いた。

「江戸はどうなるの」

佳乃の問いにだれも答えられない。

そのとき、千代田城の方角から櫓太鼓が慌ただしく打ち鳴らされる音が大川にも響いてきた。城中に炎が飛んできたのだろう。

「公方様が西ノ丸にお移りになられるな」

と周五郎が独語した。

「それって、てえへんなこっちゃねえか」

「幸次郎どの、それがし、千代田城の災難はよう知らぬが、ひょっとすると明暦や明和や文化の大火事と同じような大火事になるやもしれぬな」

「よし、周五郎さんよ、いったん上流に出てよ、一気に大川を横切るぜ。座ってくんな」

幸次郎はわざわざ猪牙舟を永代橋の上流部で大川に出して舳先を下流部に向け直すと、斜めに流れに乗せて炎が舞い散る大川を一気に漕ぎ下ろうと企てていた。そうしておいて、深川佐賀町の堀へと猪牙舟を突っ込ませた。幸次郎は体が大きく力も強い。その上になかなか豪胆に櫓を漕ぐ技を持ち合わせていた。猪牙舟は大川から堀へと入り込んだ。すると急に烈風に火の粉が舞う光景も轟音も消えた。

「助かった」

と八重が漏らした。が、他のだれもが無言だった。

堀を幾曲がりかして、深川黒江町にある浄土真宗の大護山因速寺(だいごさんいんそくじ)に幸次郎の操る猪牙舟は到着した。河岸道から山門まで半丁ほど離れていた。

「わたしが和尚さんに掛け合ってくるわ」

佳乃が舟を降りて寺への石段を上がっていった。

その間に周五郎と幸次郎は鼻緒屋の仕事道具や当座の衣類などを下ろし、続いてふたりして弥兵衛が寝る戸板を舟から河岸道に上げた。最後に八重が河岸道に

上がってきたとき、佳乃が、

「寺男さんが住んでいた離れの納屋が空いているんですって。病人がいるならばそちらの別棟がよかろうと和尚さんのお許しが出たの」

と叫んだ。

そのとき、川向こうの火事場からなにが爆発したか、

ドドーン

という大きな音がして、因速寺の門前の五人は震撼した。そして、

(この火事はただ事ではない)

と改めて知らされた。

第二章　御神木に炎

一

大護山因速寺は、江戸幕府の初め、元和九年（一六二三）に釋定玄法師により京橋に開基された。それが寛永二年（一六二五）、木挽町に移ったが類焼で深川黒江町に再移転を余儀なくされた。

因速寺の移転はすべて火事が原因であったといわれる。そのたびに浄土真宗の教えを伝えるべく、僧俗一丸となって再建してきた寺であった。

そんな因速寺の離れの納屋に弥兵衛、八重、それに佳乃の一家三人を残して、船着場に戻ってきた幸次郎と周五郎は、風体悪しきふたりの男が幸次郎の猪牙舟の舫い綱を解こうとしているのを見た。

仲間らしきふたりがどこか深川界隈の河岸に舫われていたと思われる荷船に乗っていた。その四人組は風体から察して船頭ではなかった。火事の混乱に乗じて舟を盗み、荒稼ぎしようという連中と、幸次郎も周五郎も考えた。

「なにをするんだよ、おれの猪牙だぞ」

幸次郎が石段を駆け下った。すると猪牙舟の舫い綱を握った兄貴分と思しき頰かぶりをした大男が、

「なんの証があっててめえの猪牙というんだよ。こりゃ、おれっちの舟だ。こいつを使ってひと稼ぎするんだよ」

と乱暴にも言い放った。

「おい、その猪牙は箱崎町の船宿中洲屋のものだ。てめえの持つ櫓にも、中洲屋と書いてあらあ。それに足元に畳んだ提灯(ちょうちん)にも船宿中洲屋とあるだろうが。黙っておりねえな」

幸次郎が負けじと言った。

「てめえの舟というのなら腕ずくで奪うことだな」

兄貴分が舫い綱を捨て、長脇差を抜き放つと、荷船の仲間も匕首や木刀などを構えて船着場に上がってきた。

「待て待て、その舟は因速寺に病人を運んできた船宿中洲屋の持ち舟に間違いない。大人しく船頭の幸次郎どのに返してくれぬか」

周五郎が言いながら船着場に下り立った。

その折、周五郎は大刀を背中に差し込み、寺の納屋にあった破れ笠を借り受けて飛び火から頭を守ろうと考えた風体だった。長屋から持ち出した脇差は四両余が入った財布とともに、佳乃に預けてきた。ために侍とは思えなかったのか、大男が、

「仲間がいやがったか。おい、ふたりまとめて畳んで堀に投げ込みねえ」

と弟分に命じた。

「兄い、合点だ」

木刀を振りかざした弟分が周五郎に向かって打ちかかってきた。

足場が決してよくない寺の船着場で闇雲に振り回す木刀を躱すなど周五郎にとって造作もないことだ。次の瞬間、木刀を持つ肘を下から押さえた周五郎が腰車の技で弟分を堀へと投げ込んだ。気合を発することもなく、

そよっ

と風が吹いた程度の動きだった。そして、

どぼん

と大きな水音がしたとき、木刀は周五郎の手にあった。

「ご一統、大人しく舟を幸次郎どのに返すのじゃな。この猪牙舟はあちら岸に戻り、人助けに使われる。ついでにその荷船もここにおいていけ。どうせそなたらの船ではあるまい」

周五郎が兄貴分を見ながら諭すように言った。

「抜かすな」

長脇差を抜いた兄貴分が周五郎に斬りかかってきた。度胸だけの刀さばきだ。修羅場を潜ってきた経験もさほどなさそうに思えた。周五郎は軽く受け流した。

「周五郎さんよ、遊んでねえでよ、そやつも早く堀に叩きこんでくんな」

と幸次郎が唆し、

「相分った」

と返事をした周五郎の木刀の先端が兄貴分の鳩尾を軽くつくと、兄貴分の体が虚空に浮かんで水面に落ちていった。あまりの早業に驚いた残りのふたりが茫然としていた。

「てめえら、耳をかっぽじってよく聞きやがれ。この八頭司周五郎様は江戸でも名高い鉄炮町の一刀流武村道場の師範だぜ。おめえらが束になっても敵う相手じゃねえんだよ。猪牙と荷船をおいて仲間を堀からさっさと引き揚げな、溺れ死なねえうちにな」

幸次郎が匕首の柄を握ったままの弟分のひとりに命じた。さらに周五郎の木刀を向けられたひとりが、

「わ、悪かったよ。おれっち、火事見物に行ってよ、ひと儲けできないかと考えただけなんだよ」

悪だくみを正直にも口にすると、船着場から水面の仲間に手を差しのべた。どうやら泳ぎはできないらしくふたりはばたばたと水の中で暴れていた。

幸次郎が猪牙舟に乗ると竹竿を突き出し、

「水のなかでもがくんじゃねえ。ほれ、これにつかまれ」

というと必死でふたりが竹竿につかまったので、それを仲間のいる岸辺に寄せてやった。

周五郎は木刀を手に荷船に飛び乗った。

「幸次郎どの、荷船はこの船着場に舫っておけばよいか」

「おお、どうせこの界隈の堀から盗んできやがったんだろう。寺に事情を話して

おくか」

と幸次郎が船着場から因速寺に戻った。

「おい、悪知恵は働いても泳ぎはできぬか」

岸辺に上がったふたりがげえげえと水を吐いていた。四人組からはなんの返答もなかった。

周五郎は北の空を見た。

刻限は八ツ（午後二時）時分、空を焦がして炎と煙が上がっていた。

神田佐久間町二丁目の材木屋から出火した火事は神田川沿いに町屋や武家屋敷を焼き、両国西広小路から米沢町、薬研堀（やげんぼり）、浜町川を越えて古着屋が密集する富沢町辺りまで炎が降りかかっていた。

深川黒江町に居る周五郎には火事の広がりが見えなかったが、空に立ち上る煙や炎や轟音から鎮火するどころか、さらに拡大していることは容易に想像できた。

「周五郎さんよ、寺には事情を説明してきた。番屋に知らせてくれるそうだ」

と言いながら幸次郎が戻ってきた。

「よし、照降町に戻ろうか」

周五郎が舫い綱をほどき、幸次郎が慣れた櫓を摑んだとき、

「幸ちゃん、周五郎さん、待って」

と佳乃が姿を見せた。

「わたしも照降町に戻るわ」

「師匠のそばにいなくて大丈夫かのう」

「火事を見たせいか、お父つぁん、元気になって落ち着いているわ、それにおっ母さんもついている。照降町に残した猫のうめもヨシも気になる。わたし、照降町が案じられるの」

佳乃が戻る理由をふたりに告げた。

「猫の心配だってよ、猫なんて生き物は人間よりてえへんなことを察しているよ。まあいい、よしっぺ、乗りな。シマに戻るぜ」

幸次郎が言い、周五郎が佳乃の手を引いて猪牙舟に乗せた。

そのとき、周五郎は佳乃の形を確かめた。足元を足袋と草鞋で固めていた。そのうえ、たすき掛けして袷の上に宮田屋の名入りの半纏を着こんでいた。佳乃は両親を寺に落ち着かせたら、最初から照降町に戻る心積もりでいたのだ。

「周五郎さんの財産はお父つぁんの敷布団の下に入れてきたわ。こちらに火が入ることはないでしょうからね」

と佳乃が言った。

「財産な、大して入ってないが虎の子であることは確かだ。脇差は父上から譲り受けた無銘の代物だ」

周五郎にとって背の一剣があれば、事は足りた。

「大丈夫よ、脇差もお父つぁんの枕元に置いてきた」

「おふたりさん、猪牙を出すぜ」

幸次郎が言い、黒江町から深川の堀を幾たびか曲がり、大川河口に出た。その瞬間、

「ああー」

と幸次郎が悲鳴を上げた。

来るときよりも何倍にも火事は広がりをみせていた。

半鐘と太鼓があちらこちらで乱打され、大川の上流から北風と炎がいっしょになって、

ごうごう

と不気味な音を響かせていた。

「なんと」

周五郎も絶句した。

佳乃の顔が恐怖に歪んだ。そんな佳乃に周五郎は自分が被っていた破れ笠を被せて火除けにした。そして、猪牙舟に常備してある木桶で三人して大川の水を掛け合って濡らすと、

「大川を遡るのは無理だ。新川に突っ込むぜ」

と幸次郎が決断し、猪牙舟は大川河口の西側に口を開けた新川を目指した。

「佳乃どの、胴ノ間で姿勢を低くしておれ」

と言い残した周五郎は、背に差した大刀を佳乃に預けて、身軽になると幸次郎が漕ぐ櫓のところに行った。

「それがし、手伝ってよいか」

「八頭司周五郎さんは剣術の達人だな。おめえさんなら、おれの動きを真似れば力になれそうだ」

許しを得た周五郎は幸次郎の傍らに立ち、櫓の動きに合わせた。

「うむ」

と幸次郎が周五郎を見た。

「周五郎さん、櫓を漕ぐのは初めてじゃねえな」

「国許の豊前小倉城下に紫川なる川が流れておる。父が釣り好きでな、川舟をやとっての釣りに幼い折、しばしば同行したのだ。船頭から遊びで櫓の動きを習った」

「いや、なかなかのものだ。不思議なお人だね、鼻緒の挿げ替えをするかと思ったら、櫓まで漕げるぜ、よしっぺ」

胴ノ間に伏せて火の粉をよけていた佳乃が顔を上げた。するとふたりが櫓をいっしょに動かしながら大川河口を西へと横切っていこうとしていた。

「よしっぺ、照降町に火が入ってよ、八頭司の旦那が職を失ったら、中洲屋に船頭として雇ってもいいぜ」

「中洲屋だって燃えない証はなにもないのよ」

佳乃が言い返し、

(うちの大事な奉公人を幸ちゃんに持っていかれるなんて)

と胸中で思った。

「よしっぺ、いかにもさようでございますだな。おりゃ、こんな大火事見たこともねえ。江戸じゅうが火の海になったら、おれたちいってえ、どうやって生きていけばいい」

「幸次郎どの、悪いほうばかりを考えても致し方あるまい。ただ今は照降町に戻ることだけを考えよう」

傍らから周五郎が言った。

「よし、新川の入口に突っ込むぜ」

大川河口に位置し、江戸の内海にも面している新川は船問屋、水運荷受屋が多く、さらには下り酒を扱う問屋も軒を並べていた。また新川は亀島川の支流であり、照降町のある日本橋川と平行に走っていた。

川の長さは五丁二十四間、幅は九間から六間で小舟を往来させた。

「おい、中洲屋の幸次郎じゃないか、日本橋は大丈夫か」

と船問屋摂津の船頭から声がかかった。

「おお、ケチ常の親父か。一刻前まではなんとかあったがな、今どうなっているか分らないや。新川も逃げ仕度か」

「おうさ、うちは佃島に舟を出すとよ」

「大川河口はなんともすごい風と炎と煙だぜ。気をつけていきねえ」

「お互い生きていりゃ会えるな」

とケチ常と幸次郎に呼ばれた親父の声が周五郎らの猪牙舟を追っかけてきた。

新川の舟運店や酒問屋はどこも避難仕度に入っていた。

「幸次郎、四斗樽を一つふたつ持っていかねえか」

とこんどは下り酒問屋の船頭が声をかけてきた。

「四斗樽担いで三途の川を渡れってか。おめえに預けておくぜ。鎮火したらとりにこよう」

「ばか抜かせ。この際だから持っていけって言ってんだよ」

大火事に殺気立った新川で幸次郎が人気者なのを周五郎は知ることになった。

「周五郎さんよ、この先の一ノ橋が狭くて天井が低いからよ、気をつけてくれよ」

「承知した、師匠」

「うむ、おめえさんの師匠はよしっぺだろうが」

「剣術の師匠は武村先生であるな、鼻緒の挿げ替えは佳乃どのだ。櫓は本日ただ今より幸次郎どのが師匠と相なった」

「よしっぺ、聞いたか。おめえといっしょでおりゃ、八頭司周五郎さんの師匠だとよ」

「驚いたわ、櫓も漕げるなんて」

「師匠がかたわらにおるゆえな、漕げるように見えるだけだ」

猪牙舟は一ノ橋の向こうからきた荷舟をようやく躱して亀島川に入った。亀島川の北側にある霊岸橋の向こうは日本橋川だ。

「おお、小網町河岸は火が入ってねえぜ」

と幸次郎が言い、

「幸ちゃん、照降町はどう」

「亀島川の南からはシマは見えないな」

「佳乃どの、鼻緒屋から持ち出すものはあるかな」

「もし火が入ってなければ三人の普段着かな、それに夜具があったほうがいいわね」

と応じた佳乃が、

「周五郎さん、持ち出したとしても深川に運ぶ舟がないわ」

「そうか、そうであったな」

周五郎が諦めるしかないかと考えたとき、

「おい、周五郎さんよ、この分じゃうちも仕事どころではあるめえ。この猪牙舟を荒布橋際に置いていこう。いや、その前にな、中洲屋を確かめてよ、燃えてなければ崩橋でおれを下ろしてくんな。あとは周五郎の旦那の腕次第だぜ。深川の因速寺に荷を運べるかどうかはな」

と言った。

「よいのか、貴重な舟を借りて」

「この火事はただ事ではねえ、おれたちはよ、生きるも死ぬもいっしょだ。ぼろ猪牙の一つやふたつ、炎で焼けたと思えばうちの親方も得心してくれよう。それよりおりゃ、船宿に面(つら)を出したい」

と幸次郎が願った。

「幸ちゃん、仕事が先なのは当然よ。恩にきるわ」

「礼を言うのはおたげえが生きていたときの話だ」

亀島川も北から南に熱い風が吹き抜けて、荷を積んだ舟の群れが次から次へと南に、周五郎たちがきた新川方面へと向かっていた。

「おい、船頭さんよ。箱崎町界隈はどうだえ」

幸次郎の問いに、荷船から声が飛んだ。

「火か、今んところは入ってねえな。どこもが必死で川の水をかけていなさるぜ」

「ありがとうよ」

と答えた幸次郎が、

「旦那、となれば、これからおめえがこの猪牙を操るんだ。できるもできねえもねえや。そうしなけりゃ、焼け死ぬと思え」

と櫓を周五郎に渡した。

「承知した」

櫓を託された周五郎はこれまで幸次郎がいた艫に身を移して足場を決めた。

「若様、櫓は力じゃなかよ、手でもなか、体で漕ぐとたい。急がんでよか、ゆったりと大きくたい」

十数年前、櫓の扱いを川舟の老船頭は周五郎にこう教えてくれた。

櫓に手を添えた周五郎は教えを思い出しながら漕いだ。

「よしっぺ、見たか。八頭司周五郎さんはな、おれが教えなくとも櫓くらい容易にあつかえるぞ」

と幸次郎が満足げに褒めた。

周五郎の漕ぐ猪牙舟が霊岸橋を潜ると、日本橋川が広がり、幸次郎も見たこともないほどの大小の船が大川を目指していた。

三人は日本橋川の両岸を見渡した。

正面の小網町河岸もシマも江戸橋も魚河岸もあった。だが、炎は日本橋川の北に流れる龍閑川付近を飲み込んだようで勢いよく燃え盛っていた。

「ダメだ、こりゃ、いずれ火はこっちにくる。周五郎の旦那、崩橋に着けておれを下ろしてくんな」

と幸次郎が願った。

無言で頷いた周五郎は大小の船の間を縫って、船頭に怒鳴られながらも対岸の崩橋に着けた。

「幸ちゃん、礼の言葉は火事が収まったときといったわね。でも、いま言わせて、ありがとう」

破れ笠を脱いだ佳乃が幸次郎に抱き着いて、しばしじいっとしていた。そんな佳乃を離して、

「これからは八頭司周五郎さんが頼りだ。よしっぺ、どんなことをしても生きているんだぞ」

と応じた幸次郎が猪牙舟から、崩橋の東詰の石段へと身軽に飛んで、

「旦那、よしっぺを頼んだぜ」

と願うと姿をさっと消した。

二

周五郎が漕ぐ猪牙舟が荒布橋際に寄ると、宮田屋の大番頭松蔵の大声が響いていた。

「船頭さん、まだ荷が積めますかな。主の身内と女衆が八人ほど乗りますでな、そのことも考えてくださいよ」

「大番頭さん、となるとこれ以上荷は無理だな、河岸に積まれた荷は次の船だな。まず主の源左衛門様方を呼びなされ」

と船の長さが十二間はありそうな、荷船の船頭が答えた。若い衆が助船頭としてふたりいた。どうやら宮田屋の持ち船らしい。

「よし、手代さん、主一家と女衆をお呼びなされ」

と命じる松蔵に猪牙舟から佳乃が、

「深川入船(いりふね)町の別邸に避難なされますか」

と声をかけた。

「おお、佳乃さんか、弥兵衛さんとお八重さんを黒江町の檀那寺に運んでいかれましたな」

「因速寺の和尚さんがお父つぁんの病を知って、快く別棟の納屋を使ってよいと申されました。それで、照降町の様子を見に戻って参りました」

大きく頷く松蔵の顔が背中から迫る炎に赤く染まっていた。そして、その松蔵が周五郎を見て、

「なに、猪牙の船頭は八頭司さんかね」

「中洲屋の幸次郎どのは船宿に戻りましたがな、もう一度荷を運ぶように猪牙をわれらに貸してくれたのです。猪牙舟に積む荷はありますかな」

と聞いた。

一瞬考えた松蔵が、

「おお、そうじゃ、この茶箱二つ、そちらの猪牙に積んでくれますかな。下りものの履物と鼻緒が詰めてございます。佳乃さん、あんたに頼もうと思うていた品物です」

と橋の袂に積まれた積み荷を差した。

「大切に預かります」

　と佳乃が即答した。

　周五郎が橋の袂に猪牙舟を横づけして手代たちが茶箱を周五郎に次々に渡した。

大事な荷だ、と周五郎は胴ノ間に積んだ。

「佳乃どの、鼻緒屋の荷は夜具衣類の類だろう。まず一度で運べる程度に纏めてくれぬか。あとでそれがしが取りに参る」

「周五郎さん、ならばわたし、家に戻って荷造りするわ」

　と佳乃が答えると松蔵が、

「この照降町に火が入るのはあと半刻かそこらだ、と町火消しの頭が最前言っておりましたでな」

「頭が半刻と判断しましたか」

「ああ、間違いなく照降町は火が入ります。佳乃さん、命あっての物種だ。運ぶ荷を選んで、時を食うのはやめたほうがいい」

「大番頭さん、四半刻で纏められるものにします。仕事の道具はすでに因速寺に運んでございます」

「佳乃さんさえ元気ならば仕事はいくらもありますでな」

との松蔵の言葉を聞いた佳乃は一礼して、猪牙舟から荒布橋の袂に上がった。

そして、老梅の幹に片手をつけて瞑目し、何事か呟きかけていた。その行いは一瞬だった。

すでに魚河岸には火が入ったのか、

「水をかけろ、飛び火を叩き落とせ」

「もう魚河岸はダメだ」

などという悲鳴のような声が聞こえてきた。

「佳乃どの、急ぎなされ」

周五郎の言葉に頷き返した佳乃が鼻緒屋に走っていった。

「八頭司さん、そなたは佳乃さんを手伝わんでよいのかな」

「仕事道具と弥兵衛親方もおかみさんも深川に移してございます。佳乃どのが纏めるのは衣類くらいでしょう。それより大番頭どの、さきの約定はいつから手伝えばようございますな」

と問うた。

そのとき、宮田屋の主一家と住込みの女衆に小僧らが姿を見せた。

「大変なことになりましたな」

周五郎が源左衛門に話しかけると、

「まさか春の終わりにかような大火事が襲いかかろうとは考えもしませんでした。私ども一足先に深川入船町の別邸に移ります。弥兵衛さんも因速寺に移ったそうな。八頭司様、檀那寺でな、困ることがあればうちの別邸に引き移るように佳乃さんには伝えてございます。鼻緒屋は病人年寄りに女の佳乃さんの三人です、八頭司様がいてくれてどれほど心強いか」

「それがしができることはなんでも致す所存です」

と周五郎が答えると、松蔵が、

「旦那様、例のもの、八頭司さんにお見せしてようございますな」

と念押しするように質した。

「大番頭さん、火が迫っています。願いましょう」

と応じた源左衛門が、

「大番頭といっしょに、あることをしてもらいましょう」

と周五郎に言った。

「承知しました」

と答えた周五郎が宮田屋の持ち船の船頭に、

「船頭どのに釈迦に説法、余計な節介とは分っておるが、大川の水面は河口に向かって炎と煙が強風に変じて吹き荒れておった。楓川か、亀島川伝いに江戸の内海に出て、越中島へと入り込んだほうがようござる。われら、たった今その水路を通ってきた」

「おお、それは有難い忠言ですぜ。すでに大川を猪牙舟で往来してきたお侍さんの言葉は大事に聞かせてもらいますよ」

と言い、

「野郎ども、お侍さんの言葉を聞いたな。楓川から江戸の内海に出るぜ」

とふたりの助船頭に伝え、荷船の舫い綱が解かれた。

「ご一統、ご無事を祈っており申す」

周五郎が宮田屋一家にいうと不安と恐怖に包まれた女衆が無言で頷いた。

「頼みましたぞ、大番頭さん、八頭司様」

との言葉を言い残した宮田屋一家と奉公人を乗せた荷船が、身動きのつかないほど南に向かう大群衆のいる江戸橋を横目に、大川へと向かう船の群れを強引に横切って楓川の合流部へと向かっていった。

荒布橋に松蔵と周五郎、それに宮田屋の手代の四之助が残された。

「手代さん、猪牙と荷を見張っていなされ。私と八頭司さんは店にちょっとの間、戻りますでな」

四之助に言い残した松蔵が照降町の東に架かる親仁橋の方角へと走った。どこの店も血相を変えて荷造りしたり、屋根に上がったりしていた。松蔵は出入りの職人を見つけ、

「義次さんよ、火はどこまできましたな」

と尋ねた。

「大番頭さん、小伝馬町の牢屋敷に火が入ったと聞いたな。ということは囚人の解き放ちがあるぜ」

その叫び声を聞いた松蔵が、

「そりゃ、大変だ」

と周五郎を見た。

ふたりは鼻緒屋の前に差し掛かっていた。

周五郎は、ひとりで荷造りしているであろう佳乃を思った。松蔵が、

「今の声を聞かれましたな」

「牢屋敷に火が入ったとか」

周五郎はそう応えながら一刀流武村道場の道場主夫婦はどうしているであろうかとも、ちらりと案じた。

「囚人が解き放ちになります」

と松蔵が重ねて言った。

「かような大火事で解き放ちになった囚人は鎮火したのち、数日後に牢屋敷の跡地なり、町奉行所なりに顔出しすれば刑が減じられると聞いたことがあります。ですがな、重き罪科の囚人はこのときとばかりに江戸から離れる算段をします。そやつらがまず手に入れたいのが金子と刃物です」

「火事騒ぎの最中に押込み強盗を働きますか」

「はい、大火事のたびに繰り返されてきて、命を奪われた人もいます」

「さきに聞いた話はかようなことに対処するためですな」

「はい。火事の炎は人の力ではどうにもなりません。ですから、奉公人がやるべきことはお店が焼失したあとのことです」

と言った松蔵が、宮田屋のしっかりと閉じられた大戸の一つに嵌め込まれた臆病窓を叩いた。

見習番頭の菊三が臆病窓から不安げな顔を覗かせて通用戸を開いた。

いつもの宮田屋の広々として華やかな店先と違い、表戸を閉じられた店は小さな行灯の灯りにひっそり閑としていた。

「八頭司さん、こちらへ」

と松蔵が案内したのは店奥だ。

手入れの行き届いた庭の向こうに蔵が二棟見えた。

「大事な品物や書付や奥の道具類は外蔵に運び込んで、扉も閉じて風抜き穴も味噌や土で埋めてございます。さあてと」

と言った松蔵は主人一家が住まいする奥座敷の仏間に周五郎を連れていった。

そして辺りにだれもいないのを見て、仏壇の下の扉を開き、床を外すと鉄製の棒を引っ張った。するとどういう仕掛けか、仏壇が奥へとするすると移動してこれまで仏壇のあったところの床下に一間四方の石蓋が見えた。

松蔵が分厚い鉄板で補強された石蓋を持ち上げると、空間が現れた。しっかりとした石組みの井戸のような穴には水が張られているのが、顔に当たる涼気で感じられた。

「石組みの穴は深さ一丈五尺、そこに五尺ほどの水を張ってあります。その水の下に大事な証文や沽券、書付が水を通さない箱に詰められて沈められています。

そのほか宮田屋が代々貯めてきた千両箱が八つと上方で使う豆板銀が小判に直して八百数十両ほど収められています」

と説明した松蔵が行灯の光で水の貯められた保管庫を照らした。

「大番頭どの、確かに箱が見えますな」

「うちの建物が焼け落ちたとき、頼りになるのはこの金子と書付です。八頭司さん、この隠し穴をなんとしても守ってほしい。お店に火が入る前までは私ども奉公人が命にかえても守ります。盗賊や解き放たれた囚人がお店を襲うのは焼失したあとです。この宮田屋が焼け落ちたあと、八頭司さんの力を頼みたいのです、できますかな」

「畏まりました」

と周五郎は即答した。

松蔵は見えていた隠し穴の上に石蓋と大きな仏壇を戻して元の仏間にした。

「この隠し穴を承知なのは宮田屋の主どのと大番頭どののふたりだけですな」

「そして今、八頭司さんが知られた」

「大番頭どの、命にかえても守り抜きます」

「頼みます」

と松蔵が願ったとき、

「大番頭さん、シマの北側に火が入りましたぞ」

と店から叫ぶ菊三の声がした。

「よし、今行きます。深川の別邸に運ぶ荷は残っていませんかな」

「二艘目の荷船は間に合わないかもしれません」

と悲痛な声が響いた。

「大番頭どの方はぎりぎりまでお店に残られますな」

「はい」

と松蔵が答え、周五郎は、

「それがし、鼻緒屋の佳乃どのの手伝いをしてきてようございますか」

と願った。

「おう、そうなされ」

との松蔵の返答に周五郎は急ぎ、鼻緒屋に飛んで戻った。

すでに頭の上を火の粉が飛んで日本橋川の南にも舞い散っていた。

魚河岸は西の方角から炎が上がっていた。魚河岸に勤める兄さん方が天水桶の水を炎にかけていたが、断然炎の勢いが強かった。

潜り戸を開くと小さな提灯の灯りのもとで佳乃が風呂敷包みと夜具を店の板の間に仕度していた。その夜具の上で飼い猫のうめとヨシが不安げな鳴き声を上げていた。

佳乃が奥から竹で編んだ籠（かご）を手に姿を見せた。

「猫は家につくというけど、この火事に照降町に残すわけにはいかないでしょ。因速寺の納屋に連れていくわ」

と言いながら二匹の飼い猫を竹籠に入れて蓋をした。

二匹の親子猫が心細そうにみゃうみゃうと鳴いた。

「深川に運んでいくものはこれだけかな。夜具から猪牙に運んでいこう」

と周五郎が畳まれた夜具を鼻緒屋から運び出し、荒布橋の袂の猪牙舟に積み込むと風呂敷包みを取りに戻った。

佳乃が猫の親子を入れた籠を手に有明行灯の灯りで鼻緒屋の店先を見まわしていた。

「親方の薬は持ったかな」

「お父つぁんといっしょに最前の舟であちらに持っていったわ。鼻緒屋も見納めね」

物心ついたころから馴染んだ鼻緒屋の店をもう一度見回した佳乃が灯りを吹き消した。

周五郎が風呂敷包みを手に照降町に出ると、どこの店も、表戸を閉じていた。

神田佐久間町の材木屋から火が出て、一刻半、いや二刻ほど過ぎたか。火事は神田川の南側へと大きく広がっていた。

「参ろうか」

佳乃が頷き、潜り戸を閉めた。そして、ここでも佳乃は間口三間半の鼻緒屋を頭に刻み込むように見た。

町火消しが魚河岸を壊し始めていた。

炎が佳乃の白い顔を真っ赤に染めた。

荒布橋へと歩き出したとき、佳乃があらたまって、

「八頭司さん、お願いがあるの」

「なんだな」

「八頭司さんだけで深川に戻ってくれませんか」

「なに、佳乃どのは照降町に残るというのか」

「はい」

「なぜだな」

「照降町の御神木の梅の木を守りたいの」

「この炎じゃぞ、佳乃どのの想いだけでは梅の木は守れぬ」

「かもしれません。でも八頭司さん、お願い、わたしがやりたいことをやらせて。わたしは三年も照降町に不義理したわ。なんとかわたしの力で守りたいの」

しばし考えた周五郎はただ無言で頷いたが得心したわけではなく、松蔵に相談してみようと思った。

荒布橋では松蔵がいらいらしながら二艘目の荷船を待っていた。

「大番頭どの、どなたか猪牙を漕げる奉公人がおられようか」

「どうしました」

「佳乃どのが照降町に残りたいというのです。ならばそれがしも」

「残ると申されますか」

ふたりの問答を聞いていた佳乃が、

「八頭司さん、お願い、少しでもうちの荷と宮田屋さんの荷を積んで因速寺と入船町の宮田屋さんの別邸に運んで。わたしだけが残る」

「なにをしたいのです」

と松蔵が佳乃に質した。

周五郎が佳乃の願いを告げた。しばし沈黙していた松蔵が、

「佳乃さん、そなたはうちの大事な女職人です。そなたがこの照降町に残る気持ちも分らないじゃない。私どももこの地に留まり、お店に火が入るのを見届けます。これは大番頭の務めです。佳乃さん、この地を離れるときには、一緒に避難しますぞ、それが約束できるなら許しましょう」

と言った。

佳乃が頷き、周五郎に猫二匹が入った竹籠を渡した。

「それがし、この照降町に必ず戻って参る。そのうえで大番頭さん方と交代してこちらに居残る。これから急ぎ大川を往来致す、それがしが戻ってくるまでなんとしても頑張って生き抜いてくれぬか」

周五郎は宮田屋の荷の一部と佳乃の仕度した夜具と衣類を包んだらしい風呂敷包みを積み込んだ猪牙舟を深川に向けることにした。

「四之助、八頭司さんと一緒に入船町の別邸に荷を届けなされ。ふたりのほうが少しでも早く戻ってこられよう」

松蔵が命じ、四之助が、

「大番頭さん、承知しました」

と返事をして、

「八頭司さん、私も櫓漕ぎの真似事はできます。ふたりで一気に大川を突っ切りましょうか」

と猪牙舟に飛び乗ってきた。

「佳乃どの、よいか、無理をしてはならぬぞ。大番頭さんの判断には必ず従いなされ」

と言い残すと周五郎は猪牙舟を日本橋川から大川の合流部に向けた。

日本橋川には最前より舟の数が少なくなっていた。大川ばかりではなく日本橋川の上を火の粉が飛んでいて、避難する人はもはやいないであろう。

「八頭司さん、照降町に戻れますよね」

「四之助どの、照降町に火が入ろうとも必ず戻る」

と誓った周五郎は最前まで佳乃の頭を守っていた破れ笠を被ると櫓に手を添えた。

刻限は八ツ半（午後三時）過ぎか。

猪牙舟で照降町に戻ったとき、町があるだろうかと一瞬思った。だが、そんな考えを振り払って櫓を漕ぐ手に力を入れた。

三

周五郎と四之助は火の粉に襲われながらも大川を突っ切り、大川河口に出ると越中島と深川中島町の間に口を開けた堀に猪牙舟を突っ込ませた。

大川の左岸、深川側では町火消しや鳶職たちが下屋敷や蔵屋敷の屋根に上り、飛んでくる火の粉に水をかけたり、竹棒の先に布を巻いて垂らした大きなはたきのような手作りの道具で屋根から火の粉を川へと払い落としたりしていた。

ふたりは越中島の堀に入る前に大川の上流を思わず振り返った。

「八頭司さん、私どもこの火の粉の中を潜りぬけてきたんですね」

「どうやらそのようだな、必死だったゆえ炎まで気が回らなかったか」

四之助と周五郎は言い合った。

名も無き板橋でも武家屋敷の家来や中間たちが大川河口を眺めていた。だが、深川熊井町が立ち塞がって大川右岸や流れを橋上から見ることは叶わなかった。

「おい、そのほうら、大川を渡ってきたか」

火事装束の陣笠を被った松平家の重臣と思われる武家が周五郎らに聞いた。

「いかにもさようにござる」

周五郎の返答に、

「そなた、武士か」

「浪人にござる」

「どうじゃお城付近の様子は」

「火元は神田川の向柳原佐久間町の材木屋と聞き及んでおりますが、強い北風に煽られて日本橋の魚河岸に炎が移ったところまでは見届けてきました」

「なに、魚河岸に火が入ったか。それは一大事」

「江戸の本邸はどちらですな」

「九段下俎橋（まないたばし）のそばじゃ」

と応じた陣笠の主が、

「千代田の城に火が入る気配か」

「それがし、なんとも答えられませぬ。ただ、最前申し上げた如く魚河岸に火が入ったのが四半刻前、風の具合で城に飛び火したとしても、なんら不思議はござらぬ。ともかく炎の勢いが激しゅうござる。われら、先を急ぐゆえ失礼いたす」

「かたじけない話かな。江戸本邸に助っ人を出そう」

という言葉はだれに告げられたのか。周五郎は、

「四之助どの、この猪牙舟の荷をまず因速寺に下ろして照降町に戻らぬか。こちら深川に火が入ったときには、江戸は大半が焼失したことになろう。大川の流れで火が止まることを神に願い、一刻でも早く照降町に戻ったほうがよくはないか」

「それがようございます」

四之助も即座に賛意を示した。

黒江町から入船町の宮田屋の別邸に回るとなると半刻はさらに要した。その間に照降町が焼け落ちることが大いに考えられたからだ。

猪牙舟を富岡八幡宮に向かう堀に入れた。堀に架かる大島橋、八幡橋を潜ると因速寺の船着場が見えた。船着場には荷船がついて荷を下ろしていた。その様子を八重が黙然と見ていた。川向こうから避難してきたお店の船と思えた。

「おかみさん」

「周五郎さん、うちのは」

佳乃の身を案じたか、聞いた。

「佳乃どのは宮田屋の大番頭さん方と照降町に残られた」

「火は大丈夫なの」

「われらが出てくる折は未だ照降町には燃え移ってはいなかった。われら、この荷を下ろしたら、直ぐにもあちらに戻ってな、火消しを手伝いたいのじゃ。おお、師匠の具合はどうかな」

「お父つぁんは、こちらに厄介になってなんとか落ち着いたようよ」

ふたりの問答を聞いていた納所坊主が、

「ならばその荷この船着場に下ろしなされ。寺の者に納屋にあとで運ばせるでな」

と言ってくれた。

「御坊、助かった」

周五郎と四之助は猪牙舟の荷を船着場に急ぎ下ろした。

「周五郎さん、佳乃は大丈夫かね」

八重が重ねて尋ねた。

「佳乃どのは宮田屋の大番頭さん方といっしょに行動していなさる。それに照降町のお店の方々が助け合い、なんとしても照降町を火から守る覚悟で奮闘しておられるで、われらも急ぎそちらに加わって火を止める。おかみさん、御坊、荷を頼む」

と願った周五郎と四之助は、猪牙舟を堀の奥、北へと進めた。永代橋を避けてその上流の深川佐賀町に出る水路を四之助が承知していた。

「さすがに深川界隈を知っておられるな」

「深川本所にもうちの得意先の履物屋はございます」

と四之助が答えた。

「佐賀町に架かる下之橋を潜ると、御三卿田安様の下屋敷が見えます。屋敷の右手を回り込んで崩橋から日本橋川に出られます」

「よし、そう致そう」

ふたりは下之橋が見える堀に出た。すると橋の向こうを火の粉が舞い飛んで、田安家の下屋敷の屋根の上に赤々と炎が上がっていた。ちなみに田安家の下屋敷は奇跡的に大火を免れ、焼失はしなかった。

「なんてことだ」

四之助が最前より広がった火事に言葉を失った。

周五郎もそれに応じる言葉を持たなかった。下之橋から大川の左岸沿いに下ってきた荷船や猪牙舟が続々と堀へと入ってきた。

「どなたか、照降町界隈の様子を知りませんか」

四之助が大声で叫んで尋ねた。

「魚河岸が燃えているぜ、照降町は魚河岸の隣だからまず無理だな。これから戻るなんて死ににいくようなもんだぜ、それほど火の手が凄いや。おりゃ、長いこと船頭をしているがこんな火事は初めてだ」

四之助の問いに船頭が興奮の体で叫び返した。

周五郎の顔を四之助が見た。

「参るぞ」

周五郎の返答は短くはっきりとしていた。頷き返した四之助と周五郎は再び大川へ向かって猪牙舟の舳先を入れた。

その途端、炎がふたりの体を包み込んだ。周五郎は櫓を四之助にいったん任せ、猪牙舟にあった桶で自分と四之助の体に水をかけた。

「それ、進め。やれ、行け」

周五郎は、ふたたび櫓にかけた手に力を入れた。ふたりが漕ぐ猪牙舟は、斜めに上流に向かって大川を左岸から右岸へと漕ぎ上がっていった。

火元の神田川の向こうの界隈は炎も見えず、火の番の鐘も静まり返っているように思えた。そして、炎は南と北に分かれて猛煙を立ち上らせていた。

四之助が、

「ああー」

と悲鳴を上げた。

凍り付いた視線の先に焼死体が浮かんでいた。

「大番頭さん方は、佳乃さんは、大丈夫でしょうか」

「四之助どの、大番頭どのの判断を信じなされ。照降町に火が入っていれば避難しておられよう」

「そうですよね」

と言った四之助が、

「江戸の大火事の話はいくつか承知しています。私どもが見ている火事は、明暦の大火事に匹敵する大きさでしょうか」

「なんともいえぬな。これほどの火事になると火消し方も手の打ちようがあるまい」

「お城はどうです」

「お城には御番衆方が大勢おられよう。じゃが、この炎の勢いではもはやどうにも手に負えまい。頼みは風が弱まることと雨が降ることじゃがな」

四之助が火の粉が舞う虚空に視線をやった。

「風が弱まる様子も、雨が降る様子もありませんよ」

四之助が呟いた。

「われらがなすべきことは照降町に戻ることじゃ。それが大番頭どのとの約定じゃからな」

と周五郎は四之助に言い聞かせながら、

（いや、佳乃どのとの約束じゃ。決してひとりで死なせはせぬ）

と胸に誓った。

なんとか猪牙舟は大川を渡り切った。お城の外堀から鉤の手に曲がって富沢町界隈を流れてきた浜町川の合流部が見えた。古着商が集う富沢町から古着の焼けた臭いが漂ってきた。

「八頭司さん、古着が焼けるとこんなに臭いですかね」

「古着だけではあるまい。焼け死んだ人の臭いも交じっておろう」

四之助が水面を見て焼死体に目をとめ、

げえっ
と口を押さえ、猪牙舟から流れに顔を突き出して吐いた。

周五郎は舳先を田安家の下屋敷に沿って南西に向けた。

熱風が周五郎の顔に当たった。だが、無言で櫓を漕ぎ続け、幸次郎の働く船宿中洲屋を横目で見た。中洲屋は箱崎町の堀留の奥にあり、この界隈は未だ健在だった。

崩橋を潜って日本橋川に出た。

「うむ」

魚河岸は盛んに燃えていた。だが、堀留をはさんで南東に位置する照降町は火の粉に見舞われながらもなんとか残っているように思えた。

「四之助どの、喜びなされ。照降町は未だ火が入っておらぬようだ」

周五郎の声に、吐き切ったか四之助が辺りを見回し、

「ああ、小網町河岸がある」

と喜びの声を発し、よろよろと立ち上がった。

「すいません。焼け死んだ人の臭いと古着の燃えた臭いに気持ちが悪くなりました」

周五郎の傍らに戻ってきた四之助といっしょに櫓を漕いだ。

「ああ、日本橋がない」

四之助が見慣れた景色を探し、叫んだ。

「室町辺りから吹き付けてきた炎が日本橋を燃やしてしもうたか」

その瞬間、最前大川で嗅いだ臭いの何十倍もの異臭がふたりの鼻を突いた。もはや四之助はなにも言わなかった。室町から烈風といっしょに炎が日本橋を襲ったとしたら、その折、橋を必死で南に向かって避難しようとした何百人もの人間を焼き尽くしたことは想像に難くない。

「八頭司さん、私どもは地獄を見ているのですか」

四之助が尋ねた。

日本橋からこちらに黒焦げの焼死体が何十何百と重なって浮いていた。

「四之助どの、極楽浄土も地獄も現の世にあるようだな」

としか周五郎に応える術はなかった。

そのとき、周五郎は照降町の荒布橋でひとりの女が川の水を桶で汲んで、御神木の老梅にかけているのをみた。

「おお、佳乃どのじゃ」

と喜びの声を発した周五郎の、

「佳乃どの、戻ったぞ」

との大声に佳乃が振り向いた。

「八頭司周五郎様は約束を守るのね」

「そう、佳乃どのとの約定はなにがなんでも守る覚悟でな」

佳乃の顔は汗か水かで、光っていた。炎に浮かぶ佳乃を周五郎は美しいと思った。

「見て、照降町のお店の屋根を」

と佳乃が差した。

照降町の店の若い衆が親仁橋までの両側町の屋根に上り、堀から汲み上げた水を屋根や壁にかけていた。主や身内は親仁橋の袂の堀から水を汲んで二列縦隊になって桶を手渡しし、屋根の若い衆が麻縄を結んだ桶を受け取ると水を屋根に振りかけた。

「ほれ、ここが踏ん張りどきだよ、引き上げな」

と屋根の若い衆に鳶の頭が声をかけていた。

「なんと照降町は未だ火が入っていませんよ、八頭司さん」

と言った四之助が、

「大番頭さんに会ってきます」

と照降町の往来に走っていった。その様子を見た佳乃が周五郎に言った。

「ほら、見て、年寄り子どもを除いて、照降町の男衆は全員残って火事と戦っているのよ」

「遅まきながらそれがしも加わろう」

荒布橋の袂の杭に猪牙舟の舫い綱を巻くと、周五郎は、

「佳乃どの、それがしが替わる」

と木桶を佳乃の手から取った。

「お父つぁん、元気だった」

「弥兵衛親方には会うておらぬ。荷を寺に託して急ぎこちらに戻ってきたでな。おかみさんの話では息災にしておられるようだ」

「よかった」

と佳乃が言い、

「周五郎さんが水を汲んで。わたしが御神木に水をかけるわ」

と願った。佳乃は二つの木桶を荒布橋の袂に用意していた。

「よかろう」

周五郎は刀の下げ緒を解くと、たすき掛けにした。刀は猪牙舟に残した。木桶を堀に投げ入れ水を汲んで手繰り上げる。顔にかかった水は生ぬるかった。炎のせいでぬるくなったのだろうか。

「ほれ、佳乃どの」

「あいよ」

と受けた佳乃が祈りの言葉を小声で唱えながら御神木の若葉に水を散らすように撒いた。

ふたりは黙々と水汲みと散水作業を続けた。

刻限はもはや七ツ半（午後五時）は過ぎて暮れ六ツ（午後六時）に近いのではないか。空を覆う煙と炎で日が沈んだのかさえ見当がつかなかった。

佳乃の腰がふらつくのが窺えた。どれほど前から独り作業をしてきたのか。

「佳乃どの、猪牙に乗ってしばし体を休めなされ。その間は、それがしが水を汲み、御神木にかけるでな」

水をかけ続けてきた佳乃は素直に周五郎の言葉を聞き入れ、猪牙舟の舳先に倒れ込むように体を横たえた。

周五郎は桶で水を汲むと、その場から勢いをつけて老梅にかけた。

佳乃は舳先に背を凭せかけて、煙と炎が四方八方から飛び交う光景を見た。

（美しい）

と思った。だが、この美しさは江戸を破滅させる恐怖の力を秘めていた。

「佳乃どの、大川でも船宿中洲屋の前の堀でもこの日本橋川でも焼死体を見た。もはやどの方角から炎が襲いくるとは決められぬ」

「人の力では抗えないというの」

「ここまで広がった焔（ほのお）に抗うなどできぬ。だがな、最前、そなたが独りで堀の水をこの御神木にかけている姿を見て、神はわれらを見捨てまいと思うた。やるだけのことは為してみようではないか」

と話しながらも周五郎は水をかけ続けた。

「ああー」

と悲鳴が親仁橋の方角から聞こえた。

両眼を瞑って体を休めていた佳乃が眼を見開いて周五郎に尋ねた。

「なにがあったの」

猪牙舟の艫に立つと長身の周五郎の目に地張煙管（じばりきせる）問屋の綿木（わたき）屋の屋根にいた若

い衆が炎に包まれるのが見えた。

「煙管屋に火が入った」

「最前から幾たびも火が入ったけど、なんとか消し止めたのよ」

佳乃が周五郎に反論した。周五郎はただ無言で様子を見ていたが、

「二軒隣の下り雪駄問屋の若狭屋の屋根から焰が噴き出してきた」

と淡々とした声音で漏らした。

「えっ、若狭屋さんに」

佳乃は猪牙舟に立ち上がり、御神木の傍らから照降町の一丁ほど奥を眺めて、

「ああ、とうとう」

と呟いた。

若狭屋は照降町の両側町の北側にあった。一方宮田屋も鼻緒屋も通りの南側に位置していた。ゆえに未だ火は入っていなかった。

北側の若い衆は水をかけるのをやめて屋根伝いに荒布橋の方角に逃げ出してきた。

しばし水かけをやめて照降町の一角が燃え上がるのを見ていた佳乃が舟を降り、再び桶を手にして御神木に水をかけ始めた。それを見た周五郎も手にしていた桶

に水を汲むと老梅に水をかけた。

ふたりは黙々と照降町の老梅の木を守る水かけを続けた。こんどは近くから絶叫が上がった。

「あ、う、うちの店に火が入った」

宮田屋の手代の四之助の声だと周五郎は気づいた。

もはや照降町が焼失するのは目に見えていた。住人たちは小網町河岸に逃れて河岸道や舟から照降町が燃える光景を黙然と見ていた。

周五郎と佳乃はひたすら御神木に水をかけ続けた。この御神木さえ守りきれば、必ず照降町は復興すると信じて、佳乃も周五郎も水をかけ続けた。が、今や荒布橋へと焔は襲いかかってこようとしていた。

小網町河岸の舟に逃れた住人たちが佳乃と周五郎の水かけに目を止めた。

四

「ご一統、女の佳乃さんと浪人さんが命を張って、照降町の御神木を守っておりますぞ。住人の私たちはただ手を拱(こまぬ)いて見ていていいのですか」

小網町河岸に繋がれた舟に分乗し、いつでも避難できる態勢で自分たちの町を見ていた一行の中から宮田屋の大番頭松蔵の大声が響いた。

しばし間があって、

「大番頭さん、私ども、御神木をふたりに任せていてはいけませんな。店が焼け落ちても梅の古木が無事ならば、照降町の復興は必ず叶いますでな」

と若狭屋の大番頭の新右衛門が応じて、

「よし、私たちもふたりに加わりますぞ。御神木を燃やしたら私たち照降町の住人の名折れ、沽券にかかわります」

と松蔵が一同の顔を見回した。

「よし、おれたちの意地を見せますぜ」

煙管屋の職人の仁吉が応じると、若い奉公人たちが流れの水を頭からかぶり、舟を飛び降りて小網町河岸に上がり荒布橋に駆け出していったり、舟に乗ったまま荒布橋に舞い散る火の粉の中に突っ込んでいき、

「よしっぺ、おれたちも手伝うぜ」

「浪人さんよ、お店はもはやどうにもならないや。梅の木がなんとしても生き延びる手伝いをさせてくんな」

と口々に言いながら、佳乃と周五郎の水かけ作業に加わった。

燃え落ちた魚河岸に残っていた男衆も加わり、荒布橋に水をかけ始めた。

照降町の住人が佳乃と周五郎の水かけ作業に加わり、水を汲んだ桶を手渡す人の列が次々に三列も四列もできた。その水かけをなす住人の体に水を舟上からかける者もいた。

周五郎は御神木の一番近くにいる佳乃を守るように傍らから桶を回しながら梅の木全体に水が散り落ちるように撒いた。

刻限は六ツ半(午後七時)を過ぎていた。だが、焔はあちらでもこちらでも燃え上がり、まるで昼間のように明るかった。

宮田屋や若狭屋の大番頭のような年寄りたちは舟から、

「がんばれ、この一晩御神木を守りきれば照降町も江戸の町も復興が必ずや叶いますぞ」

とか、

「照降町に生まれ育った私たちの最後の務めですよ、頼みますぞ」

「女の佳乃さんが身を張っていますぞ。男衆よ、佳乃さんを守りなされ」

と鼓舞した。

焔は日本橋川を越えて楓川と日本橋川の合流部の東側に突き出すようにある、丹後田辺藩牧野豊前守の江戸藩邸の屋敷を燃え上がらせていた。

「佳乃どの、少し休みなされ」

周五郎が命じた。だが、佳乃は炎の熱を帯びて真っ赤な顔を横に振り、周五郎の言葉を拒んだ。

「佳乃どの、御神木を守る水かけは長丁場になる。そなたが倒れては元も子もない。ほれ、宮田屋の大番頭どのが呼んでおられる。少し休んでな、また戻ってこられよ」

周五郎が佳乃の手を引き、猪牙舟に乗せて小網町の蔵地の陰で火の粉をさけている舟まで連れていった。

「おお、佳乃さん、よう頑張ったな」

と松蔵が迎えた。

佳乃が松蔵の乗る舟に倒れ込むように身を移した。

「八頭司さんも少し休みませんか、水かお茶はどうじゃな」

「水を頂戴したい」

佳乃もお茶をもらって飲んでいた。

周五郎は水を柄杓（ひしゃく）で飲みながら、対岸を見た。

日本橋川は一石橋を経て大川合流部の豊海橋まで一里八丁あるかなしかの流れだ。鎧ノ渡し場付近では六十間の川幅があった。その真上を火の粉が北風に乗って渦を巻くように対岸に飛んでいく。なんとも恐ろしい光景だった。

「大番頭どの、どうやら火の中心は向こう岸へと移ったようでござるな」

「神田川の向柳原で火を発して四刻は過ぎていましょう。神田川からこの日本橋川の間は焼き尽くされましたな」

と松蔵が言った。

「おお、よしっぺ、生きていたか」

と声がして船頭の幸次郎が姿を見せた。

佳乃が幸次郎の声に、

「幸ちゃんの家は大丈夫」

「魚河岸も二丁町も焼けて無（ね）えや。うちは照降町が焼けたとき、いっしょに燃え落ちてなくなったよ」

とさばさばした声で言った。

「だがよ、運がいいことに中洲屋は火が入らずに炎が通り過ぎていきやがった。

それでよ、おかみさんが握りめしをたくさん拵えたんだ。よしっぺ、宮田屋の大番頭さん、一つ食べないか」

と塩だけの握りめしが並んだ番重を差し出した。

「うちだけで食べてよいかな」

と周りを気にしながらも松蔵が一つ塩にぎりを取り、佳乃に渡した。

「大番頭さんが先に」

「私どもは舟に座っているだけですよ」

と言いながらもう一つとり、

「八頭司さんにはこれからもうひと働きしてもらわねばなりませんでな」

と差し出した。

「まずは御神木をお守りした上で宮田屋へ参ろう」

と周五郎が承知して塩にぎりを口にした。

「美味い。腹が減っていたのを忘れておった」

「幸ちゃん、ありがとう」

と言いながら佳乃も食した。

照降町のことを気にした本所深川の知り合いが舟で乗り付け、握りめしや飲み物を届けてきた。

「よし、それがしは御神木のもとへ戻る。佳乃どのは、もうしばらく休んでおりなされ」

と願い、周五郎が行こうとすると、佳乃が、

「周五郎さん、わたしも行くわ、行かせて」

と願った。

しばし考えた周五郎が頷いて、

「大番頭どの、ただ今働いておる男衆を交代でこちらに来させよう」

「頼みます」

と願った松蔵に会釈すると、

「幸ちゃん、中洲屋のおかみさんにお礼を言ってね」

と佳乃が言付け、

「おお」

と応じた幸次郎が、

「本所深川に飛び火はしまい、この風具合ではな。よしっぺ、大番頭さんよ、因速寺も深川入船町も大丈夫だぜ」

と言った。

「幸ちゃんの言葉で勇気づけられたわ」

佳乃が笑顔を幸次郎に返し、周五郎が、

「幸次郎どの、猪牙があって助かったぞ。もうしばらく荒布橋に向かう足として使わせてもらう」

「使いな、使いな。親方はこの古い猪牙がこの世にあるなんて考えてもいめえ。この猪牙はよ、照降町の里人の夢を乗せてやがるのよ」

「そういうことよ、幸ちゃん」

と佳乃が応じた。

御神木は未だ立っていた。

「ご一統、どんな具合だな」

「浪人さんよ、風具合でいまも炎が梅の木を襲いやがる。最前のような続けざまの炎はないがな」

と名を知らぬ職人が言った。

「よし、それがしが代わろう。ひと晩頑張りぬけば朝が訪れる」

「鼻緒屋の浪人さんよ、朝が訪れない日はねえよな」

「いかにもさよう。日本橋川の南側の住人はこれから夜とともに炎に見舞われる。われら、照降町はもはや大きな炎には見舞われまい」

と周五郎がどことなく峠を越えた安堵の言葉を口にしたとき、玄冶店の御用聞き準造親分が姿を見せ、

「ご一統、ご苦労だな、おめえさん方には悪い知らせだ。未だ鎌倉河岸界隈が燃え残っているんだよ、白酒で有名な豊島屋も無事だ。だが、風具合では新たにあの界隈に燃え広がろうじゃないか。そうなると、その炎が照降町に降りかからないとも限るめえ。なにしろ魚河岸が燃えてしまったんだ、見通しがいいや。鎌倉河岸からこの界隈にいきなり新たな炎がくるかもしれねえんだ。たった今、おりゃ、あの界隈を子分どもと見廻ってきたから確かだよ」

と言った。

「なに、西の鎌倉河岸界隈が燃え残っていたか、なんてこった」

だれかが愕然とした声で呟いた。

炎と煙に汚れ、水を被って疲れ切り、もはやだれの顔やら見分けがつかなくなっていた。

「お城に火の手が移らないように鎌倉河岸に大勢の大名火消しが入っていたでな、これまでなんとか家並みが残っていたんだな。だがな、火消し連中が堀向こうの大名小路へと、お城を守るために移動したんで、鎌倉河岸のいったん収まっていた火が勢いを取り戻し、消し止められてないんだ」

「お城には火が入っていないのだな」

「八頭司さん、今のところはな。なにしろこの風だ、公方様は間違いなく西ノ丸にお移りになったな」

と準造親分が報告した。

別の声が尋ねた。

「親分、おまえさんの家はどうなったえ」

「二丁町の中村座も市村座も燃え落ちてしまったんだよ。旧吉原も富沢町も竈河岸も灰になっちまった。玄冶店のおれんちだけが残るわけもねえやな」

親分の言葉もまた淡々としていた。

「そうか、ここにいる人間はだれもが宿無しかえ、なんだかさばさばした気分だぜ」

と照降町の煙管職人の仁吉が言った。

「ご一統、親分の言葉を聞いて、夜明けまで頑張るのがわれらの務めだと改めて知らされた。小網町河岸の舟にな、お茶や食い物が届いていた。今まで御神木に水をかけて働いていた人はあちらに行って交代で飲み食いし、少しの間だけでも体を休めてきなされ。ただ今の火の粉の飛び方が少ないうちにな」

「その間はわたしたちが御神木を守るわ」

と佳乃も言った。

「よし、半分は休みだ。残りの者は鼻緒屋の佳乃さんと浪人さんと一緒に御神木を守りましょうぞ」

宮田屋の一番番頭勇太郎が言い、照降町の北側の店で働いていた者を小網町河岸の水辺の舟へと送り出そうとした。そのとき、

「親分、牢屋敷が燃えて囚人が解き放ちになったと聞いたが、なんぞ新たな知らせはござらぬか」

と周五郎が気にかけていた問いを発した。

「おお、大事なことを言い忘れていた」

と準造親分が応じて続けた。

小網町河岸の舟に向かおうとした連中の足が止まった。

「村松町の武家地に火が入ったあと、火消しの手伝いを装って六、七人の者が燃える屋敷に入り込み、家来と小者を殺して刀や木刀を盗んで衣服もさらっていったらしいや。武家方ゆえ直には話が聞けなかったがな、やつらは未だこの界隈にいて、金を盗む魂胆で動いてやがる。照降町にはこれだけの住人が残っていなさるからまさかとは思うが気をつけてくんな」

「相分った」

と周五郎が答え、

「まずは北側のお店の方々、一ノ組からひと休みしてくれぬか」

と命じていた。

ふだん八頭司周五郎は、鼻緒屋の半人前の挿げ替え職人だ。が、かような大火事に見舞われているとき、武士の自分がまず先頭に立ち、御神木と佳乃を守ると心に誓った。その覚悟が照降町のお店の奉公人や職人衆を動かしていた。

「じゃあ、頼んだぜ」

半数の男衆が荒布橋から小網町河岸へと向った。

玄冶店の親分も、

「見廻りだ」

と言い残し、子分ふたりを連れて照降町の親仁橋の方角へ、まだくすぶるお店や家並みの間に目配りしながら御用に戻っていった。

そのとき、

ごおっ

という烈風が荒布橋へと北西から新たに吹き付けてきた。

焼失した魚河岸越しに西の方角を見ると龍閑橋の向こう、鎌倉河岸界隈に新たな炎が上がっていた。玄冶店の親分が案じたことがどうやら当たったようだ、と周五郎は思った。

無言のまま、佳乃が自らの体に水をかけ、御神木を守る務めを再開した。周五郎が佳乃を手伝おうとしたとき、宮田屋の大番頭の松蔵と、若狭屋の大番頭新右衛門のふたりが照降町の店を確かめにきたのか、松蔵が周五郎を手招きした。

「佳乃さん、八頭司さんをしばらく借りますぞ」

まだ炎があちらこちらに残る照降町にふたりの大番頭が周五郎を待ち構えていた。焼け落ちた宮田屋の庭の一角に二棟の外蔵が真っ黒に焦げて、それでもしっかりと建っているのを周五郎はちらりと見た。

「玄冶店の親分から牢屋敷を解き放ちになった囚人がこの界隈をうろついている

と聞きました」

　松蔵の言葉に周五郎が頷くと、

「うちも若狭屋さんも外蔵がご覧のとおり猛炎に耐えて残りました。されど火が消えて一日ほどは蔵の扉を開けるわけにはいきません。中に火が入っているとしたら一気に燃え上がりますからな。蔵の中が冷えるのを待つしかない。若狭屋さんにとってもうちにとっても外蔵の中身は頼みの綱です。照降町を復興する際の大事な財産です。なんとしてもこれを守りとうございます」

　と松蔵が周五郎に言った。

「若狭屋さんとうちがこの照降町の要です。この二つの店がいち早く建て直せるかどうかで、照降町が甦るかどうか、流れが決まります」

「それがしが為すことはござろうか」

「ございます。さきにお話ししたことのほかに、若狭屋さんも大火事に乗じて盗みを働こうとする輩から守って欲しゅうございます」

「大番頭どの、身は一つでござる」

「そこですよ。若狭屋の大番頭さんがな、鼻緒屋の佳乃さんを助けて御神木の梅を守っておられる八頭司さんを見てな、今後照降町が再建できるまで、八頭司さんに若い衆を十人ほどつけさせます、と言っております。うちからも出します。まずは火事が収まり、お店を立て直すまで照降町の警護方の頭に就いてくれませんか。八頭司さんの命はすべて主の命といっしょです」

「お二方、それがしのただ今の主は佳乃どのにござる。佳乃どのの承諾を得たのち、それがし、改めて返事をしとうござる。それでよろしゅうござるか」

「八頭司さんに改めて念を押すこともございませんがな。鼻緒屋の、佳乃さんのためになることでもございます」

松蔵の念押しに周五郎は頷いた。

「ああー」

と悲鳴が御神木の立つ荒布橋から聞こえてきた。

北西の烈風に乗って新たな炎が御神木に襲いかかっていた。

「ご免、水かけ作業に戻りますぞ」

と言った周五郎は黒々とした焼け跡になった照降町の道を、なんとか立っている御神木の老梅へと駆け出していった。

その背を見た若狭屋の新右衛門が、

「松蔵さんや、照降町にあのお方がいてよかったたな」

と思わず本音を吐露したのだった。

第三章　押込み強盗

一

弥兵衛は深川黒江町の因速寺の納屋から八重の手を借りて外にある厠に行き、用を足したあと、大川河口と思しき西の方角を見て宵空を炎が焦がすのを言葉もなく見つめた。

「おまえさん、照降町は大丈夫かね」

と八重が尋ねた。

しばし無言で西空を眺めていた弥兵衛が、

「燃えちまった」

と漏らした。

「照降町が焼けたってかえ」

八重が驚きの声を上げた。

「ああ、燃えた。うちも宮田屋も若狭屋も、すべてお店が焼けたな」

「どうしてそう言い切れるんだよ」

「炎は日本橋川の南に移っていらあ。照降町だけが何事もないなんて考えられねえ」

八重はふと気付いた。弥兵衛がこれほど口を利いたことがあったろうかと。

「おまえさん、床に戻ろうか」

「いや、寝飽きた。しばらくここで江戸が燃えるのを見ていたい」

因速寺の納屋は墓地に接してあった。本堂や庫裏(くり)とは別棟の平屋建てで作業場と物置を兼ねていて、以前は寺男一家が住まっていた。そのために六畳間と三畳間、それに四畳半の広さの小さな囲炉裏が切り込まれた板の間があった。むろん竈(かまど)のある台所もあった。

弥兵衛一家がこの別棟の納屋に住まいを得られたのは、佳乃と八頭司周五郎が早い決断をして真っ先に避難してきたことと、弥兵衛が重篤な病人ということもあってのことだった。

そのあとも大川右岸から逃げてきた檀家が何軒かあったが、庫裏や本堂の一角に寝泊まりすることになった。

「うちは運がよかったよ」

八重は縁側もない六畳間に弥兵衛を座らせ、寝間着の上に羽織をかけてやった。弥兵衛は、じいっ、と御城のある方角の夜空を焦がす焔を見ていた。

「八重、湯をくれ」

と弥兵衛が言い、

「あいよ」

と応じた八重が板の間の角火鉢の五徳に乗った鉄瓶から茶碗に湯を注いで渡した。

弥兵衛のほうから白湯を飲みたいなどと注文を付けたのは珍しかった。

「おまえさん、痛みはないのかえ」

「おれは昔から火事を見るとなぜかわくわくしたもんだ」

弥兵衛は八重の問いには答えず、こう言った。

「そうだ、おまえさんは若いころから火事見物が好きだったよ。火事のせいで病が癒えたかね」

病が癒えるはずもないことを弥兵衛も八重も承知していた。

大塚南峰は弥兵衛に病について詳しい話はしなかった。だが、不治の病にかかっていることをその顔が告げていた。

そんな弥兵衛は、火事のせいで照降町を離れて深川の檀那寺に連れてこられた。初めての部屋に寝かせられたとき、弥兵衛は疲れ果てていた。だが、しばし眠って体を休め、川向こうから伝わってくる火事の模様を人声や炎を交えた風音に聞いていると、

(もう一度照降町に戻りたい)

と強く思った。そして、六畳間に腰を下ろして座り炎を眺めて、

(このまま深川で死にたくはねえな)

と願った。茶碗から少しずつ白湯を口に含み、喉に落とした。

「おまえさん、照降町が焼けてしまったのならば、どうして佳乃も周五郎さんも戻ってこないんだ。まさか」

八重が不意になにを思いついたか、言葉を途切れさせた。

「佳乃が焼け死んだというのか。八頭司さんや照降町の住人がついているんだ。死にはしねえ」

「ならばどうしてこっちに逃げてこないんだよ。照降町はまだ火が入ってないんじゃないのかね」

八重の期待の籠った言葉に弥兵衛はしばし答えなかった。そして、

（佳乃も八頭司さんも死んでねえ）

と思っていた。

「これだけの大火事だ、身動きつくめえ」

「幸ちゃんがお侍さんに猪牙を貸してくれたんだよ。足はあるよ」

「舟があっても大川の上も火の粉がぼんぼん飛んでいらあ。とても大川を渡ることはできめえよ」

と弥兵衛が独白したとき、八重が、

「あっ」

と叫んだ。

「どうした」

「おまえさんは照降町が燃えちまったといったね」

「おお、燃えた。すべて灰になった」

「荒布橋の御神木はどうなったよ」

「おお、そうだ。梅の木が残っていたらいつの日か照降町は甦る」

　と答えながら弥兵衛は、

（そのときまで生きていたい）

　と思った。そして気付いた。

「八重、佳乃も八頭司さんも、いや、照降町のみんなも御神木を守っているんだ。町は燃えちまったが、梅の古木は燃やすまいと精出して頑張っているんだよ」

「大火事のなか、そんなことをしていたらみんな死んじまうよ。冗談はよしにしておくれ」

　と八重が抗った。

「いや、間違いねえ。照降町のみんなが御神木を炎から必死で守っているんだよ」

　と弥兵衛は言い切った。

　両眼を瞑ると弥兵衛にはその光景が浮かんだ。

「いや、間違いねえ」

　と繰り返した。

「おりゃ、火事はたくさん見てきた。だがな、今度の火事はおれが見た火事をぜんぶ束にしたよりも大きな火事だ。町火消しだろうが各自火消しだろうがどうにもならねえ」

各自火消しを町方では三町火消しとも近所火消しとも呼んだ。公儀が大名家の消防組織を近隣の町屋の火事に役立てようとしたのだ。

「江戸じゅうが燃えるというのかい」

「ああ、そうなるかもしれねえ。少なくともこの風が続くかぎり、ひと晩じゅう燃え続ける」

「明日には鎮まるかね」

「わからねえ、風次第だ」

弥兵衛が首を横に振った。

「うちは、鼻緒屋はどうなるんだよ」

「もはやおれは鼻緒屋の主じゃねえ、佳乃だ。佳乃が考えることだ」

弥兵衛の言葉に頷いた八重が、

「それまでおまえさん、見届けておくれよ」

「宮田屋次第だな。おれは佳乃に大した銭は残せねえ、家を建て替えるなんてどだい無理だ。あとは宮田屋の大旦那の気持ち次第だ」

「どういうことだよ」

「宮田屋が佳乃を一人前の職人と認めてくれているならば、助けの手を差し伸べてくれよう。だがな、宮田屋だって財産の多くをこんどの火事で失っていなされよう。いくら爺様の代からの付き合いといっても、うちを手助けする余裕はあるめえ」

「おまえさん、先日、大日那の源左衛門様になにか頼みごとをしたんじゃないか」

弥兵衛はそのことを思い出そうとするようにしばし間を置いた。

「おれが死んだのち、佳乃のことを職人として面倒を見て下せえと願った」

「日那は、なんと謂った」

「私の眼の黒いうちは面倒を見ると答えなさった」

「ならば」

弥兵衛が弱々しく顔の前で手を横にふった。

「その折の日那は、江戸じゅうが燃える大火事に見舞われるとは夢にも考えもしなかった。宮田屋さんもすべて燃えて、大事に陥っていなさる。とてもうちの面倒を見る余裕はねえ」

と繰り返した弥兵衛が残った白湯を飲み、

「疲れた」

と言って床に這いずっていった。

宵の四ツ（午後十時）時分のことだった。


風が西風に変わり、燃え残った照降町の西の荒布橋へと新たな炎が襲いかかっていた。半刻前から幾たび目かの風に見舞われていたが、それまでの風に倍する烈風だった。

「八頭司さん、燃え残った照降町を見回ってきてようございますか」

と疲れ切った顔の四之助が御神木を守る面々の頭分の周五郎に許しを乞うたのは、西の風が少し弱くなった折のことだ。

「四之助どの、猪牙に木刀が入っておる。用心のために持っていきなされ」

周五郎が因速寺で不埒（ふらち）な四人組から奪いとった木刀を持つように言った。

大番頭の松蔵から宮田屋の蔵を見張れと命じられている四之助は周五郎の忠言を聞き、木刀を手に未だ熱さの残る照降町の奥へと向かおうとした。

風は強くなったり少しばかり弱まったりしていた。

「見てきなされ。よいか、なにがあってもなにかしようというのは止めて下されよ。異変があるときは大声で呼んで下され」

と周五郎は四之助を送り出した。

刻限は夜半の九ツ（零時）を過ぎた頃合いか。

周五郎は、

「二ノ組は少し休みなされ。夜明け前までに強風が繰り返して吹くと考えたほうがよい。万が一の時のために少しでも体力を残しておくのです」

と指示した。両側町の照降町の北側を一ノ組、南側を二ノ組と名付けたのは周五郎だ。その二ノ組を荒布橋の水かけ作業から離し、すでに燃え落ちた魚河岸の一角、地引河岸を指さした。二ノ組の面々は周五郎の命を素直に聞くとよろよろと避難場所の地引河岸の舟へと向かい、倒れ込むようにへたり込んだ。

佳乃は二ノ組だが、御神木の梅を自らの体で守るかのように両腕で抱きかかえて眼を瞑っていた。

周五郎は敢えて佳乃に「御神木から離れなさい」と呼びかけなかった。佳乃の好きにさせるのがよいと思っていた。なにより佳乃が御神木と一体化して、その場にいることが照降町の男たちを勇気づけていた。

そのとき、風の音に交じって、

「なにをするのです」

という叫び声が周五郎の耳に届いた。

「佳乃どの、ご一統、ここを離れるでない。それがし、四之助どのを見てくるでな」

と言い残すと猪牙に残していた刀を摑み、親仁橋の方角へ、焼け落ちた照降町を駆け出していった。

宮田屋の二棟の外蔵の前で四之助が木刀を手に立っていた。その四之助に無頼の侍のごとき形の三人がそれぞれ抜き身の手槍や刀を突き付けていた。

「どけ、土蔵の中に用事じゃ」

「ただ今、土蔵を開けると飛び火が風で舞い込み、一気に燃え上がります。鎮火したのち、ひと晩ほど扉は閉めたままにしておかねばなりません」

「仲間がどけと申しておる。時がない、金を攫って江戸をおさらばするのだ。どかぬと突き殺すぞ」

と手槍を持った痩せた男が言った。

「どきませぬ。うちの蔵に他人を入れては奉公人の面目が立ちませせぬ」

「ならば死んでもらおう。未だ炎が襲いかかっておるのだ。そのほうを突き殺したとて、炎が始末をしてくれようぞ」

手槍を構えた男が四之助に突きかかろうとした。

「待ちなされ」

周五郎が背中に斜めに差していた刀を鞘ごと抜いて無頼の者たちの背に声をかけた。

思いがけない声に振り返った無頼者のひとりが、

「邪魔だてするでない。こちらは命がかかっておるのだ。なんならそのほうから叩き斬ってもよいぞ」

「そなたら、小伝馬町を解き放ちになった囚人か」

「ほう、そのことを承知か。ならば見逃しにはできぬ」

どこで盗んだか、抜き身を脇構えにして周五郎に踏み込んできた。鞘ごと刀を手にしている周五郎を甘く見たか、

「死ね」

と左構えの刃が周五郎を襲った。

だが、周五郎の全長三尺四寸余の肥後同田貫上野介(ひごどうだぬきこうずけのすけ)の鞘尻が相手の喉元を突く

のが早かった。この同田貫、周五郎が屋敷を出る折、父の清左衛門忠義が、

「この一剣を抜くときはそのほうが覚悟を決めた折に致せ」

と持たせてくれたものだ。

刃渡二尺五寸一分あり、反りは四分三厘、一見直刀に見えた。熊本城主加藤清正に仕えた刀鍛冶同田貫一派の鍛造する刀、槍、長刀は実戦向きでその頑健さは、

「鉄鎧を断ち斬る」

と称されていた。

ぐっ
と呻き声を発した相手が後ろに吹っ飛んで悶絶した。

「おのれ、やりおったな」

「仲間の仇」

と叫びながら周五郎に手槍と刀を構えたふたりが同時に襲いかかってきた。だが、周五郎は間合いを図りながら、鞘で手槍と刀を弾くと次の瞬間、迅速な突きで鳩尾と喉元を襲っていた。ふたりも最初の者と同じように後ろに吹っ飛んで気を失った。

四之助が夜空に飛び交う火の粉に照らされた一瞬の戦いを見て、茫然とした。

「四之助どの、そやつらの得物を抜きとって下され。それがしがまずふたりを荒布橋まで引きずっていこう」

というと、ひとりを肩に担ぎ、もうひとりの襟首を摑んで宮田屋の敷地から照降町の通りに出て御神木のほうへとずるずると運んでいった。それを見た四之助も奪い取った得物を蔵の傍らに隠すと残ったひとりの襟首を両手で摑み、周五郎を真似て引きずりだした。

御神木に水をかける者たちは照降町北側の一ノ組だが、佳乃だけは二ノ組でありながら自らの体で御神木を守るように抱きついていた。

「ありゃ、なんだ。鼻緒屋の浪人さんと宮田屋の手代さんが担いだり引きずったりして三人をこちらに運んでくるぞ」

その言葉を聞いた佳乃が瞑っていた両眼を見開き、火の粉が飛ぶ照降町を見た。

佳乃も言葉を失って、思わず老梅の幹から両手を離した。

「どうした、四之助さんよ」

「うちの蔵に忍び込もうとしたこやつらを八頭司さんが鞘のまま鐺で突いてあっさりと気絶させたんですよ」

「おおー。かような火事の最中に燃えている家の荷運びを手伝う振りをして金子や金目のものを盗んでいく悪者がいると聞きましたぞ。鼻緒屋の浪人さん、背中に刀を背負っているからよ、こりゃ、剣術はダメだな、と思っていたが、そうでもないか」

と旅道具を扱う東海屋の手代の勘五郎が言った。

周五郎が肩に負ってきたひとりを荒布橋に投げ下ろし、

「どなたか、この三人を橋の欄干に縛っておいてくれぬか。牢屋敷を解き放ちになった囚人のようじゃ。そのうち、玄冶店の親分さんが姿を見せようではないか。その折に引き渡そう」

と言うと、

「合点承知したぜ。剣術はダメでも縄で荷を縛るのはお店で毎日やってますでな」

と勘五郎と男衆が荒布橋に舫っていた船から麻縄を持ってきて、言葉どおり手際よく三人を橋の欄干に縛りつけた。

佳乃が周五郎を見た。

「炎は少なくなったようだな」

「風向きが変わったのかしら」

「このまま夜明けを迎えられるとよいがな。あと、一刻半か二刻か」
頷いた佳乃の顔が寒さに震えているのが分った。水を被り続けたせいで佳乃の体は冷え切っていた。
「佳乃どの、衣服を着換えられるといいがな」
と周五郎が応じたとき、風向きが不意に変わり、
ごおっ
という凄まじい音とともに荒布橋に再び焰が襲いかかってきた。

二

これまで見たこともない足元から持ち上げられるような烈風であり、周五郎にはこの大火事が最後の力を振り絞っていると感じられた。

「おい、皆の衆、最後の戦いとなると思う。一緒に加わってくれ」

と地引河岸でごろごろ寝っ転がる面々に大声で助けを求めた。

「おう、合点だ」

とか、

と返事はしたが、皆体は言葉のようには動かなかった。

西北の風が巻いて御神木に襲いかかっていた。どこにこのような力を残していたか。

「ご一統、夜明けは近い。最後の焔が照降町の御神木を焼き尽くそうとしているのは間違いない。照降町の古木が残るか、われらが倒れるかの大勝負でござろう」

周五郎の言葉に一同が、

「照降町の意地を見せますぞ」

「日本橋川の南側では未だ猛炎と戦っておるのです。照降町が御神木一本守れないでどうするのです」

などと互いに鼓舞するように言い合い、最後の力を振り絞って老木に水をかけ始めた。

照降町は下りものの履物や傘などを扱う宮田屋や若狭屋の大店を筆頭に菓子舗や煙管を拵える職人衆の店が雑多にあった。だが、八頭司周五郎のような武士が雇員として関わったことは初めてであった。半人前の鼻緒職人が今度の大火事で、御神木を守る頭分にされたのは自然の成り行きだった。

周五郎は、炎を交えた烈風の勢いと御神木に水かけする照降町の人々の疲れ具合を見た。これまでなんとかしのげたのは奇跡であった。

（最後の戦い）

と周五郎は念じていたが確信は持てなかった。

佳乃も周五郎と同じことを考えていた。

（どうすれば御神木を守れるか）

草臥れ、水をかけられて体じゅうが冷え切っていた佳乃は、黙って扱き紐を解くと御神木に自分の体を括りつけた。

周五郎は佳乃が御神木と「生き死に」をともにする覚悟を決めたことを感じた。

「よし、鼻緒屋の浪人さんよ、行くぜ」

と力を振り絞った人々が木桶に堀の水を汲んで、再びかけ始めた。

周五郎はその佳乃の背を守るように、手渡ししてくる水を佳乃の体にかけぬように、下から上へ、御神木の若葉へ葉叢へと振りかけた。他の二組は離れた距離から老木の梅の葉に水をかけていた。樹齢何十年か、だれも知らない梅の古木を炎から守るため水が撒かれ続けていた。

水かけ作業が総出になってどれほど続いたか。

「おい、ご一統、東の空が白んできましたぞ」

との声を聞いた周五郎は、七ツ半（午前五時）を過ぎて明け六ツ（午前六時）に近いと思った。

「なんとか一夜御神木を守り抜いた」

と周五郎が安堵したとき、新たな炎が南側の方角から襲いかかってきた。これまでの北風と向きが変わり、日本橋川の南側の八丁堀や数寄屋町の方角から炎が飛んできて、新たに焼け残った家を焼く音が、
ごうごうごう
と地面を揺るがすように耳に付いた。幾たびめか、数えきれなかった。巨大な焔が江戸橋の対岸付近から荒布橋の袂にある御神木に襲いきた。

「荒布橋に舫った舟を小網町河岸の蔵地に避けてくれぬか」

と周五郎が命じると、

「よしきた」

と職人風の男たち三人が猪牙舟を、炎を避けてなんとか避難させた。

「ご一統、これが最後の猛火だ。ここで踏ん張り切れば御神木は助かる」

と周五郎が声を絞り上げて一統を鼓舞した。

「浪人さん、どうして最後といえるよ」

とだれかが疲れ切った声で抗い、

「おれの店も住まいも燃えちまったよ。老いた梅の木を守ったところで店も住まいも戻ってこねえや」

周五郎はなんとか顔を認めたが名は記憶にない男だった。

「兼吉さん、諦めてはなりませぬぞ。御神木を守ることが私ども照降町の住人がなすべき最後の仕事ですよ。この一本の梅の木を守れんでは、照降町の復興はございません。佳乃さんを見なされ、御神木と心中する気で老木に紐で体を縛っていなさる。若い娘を死なせて、私ども照降町の住人が生きていけますか。ここが踏ん張りどきですよ」

といつの間にきたか宮田屋の大番頭松蔵が一統に願い、

「松蔵さんの申されるとおりです。照降町の全員が力を合わせればシマは必ず復興できますでな」

と若狭屋の大番頭新右衛門も鼓舞した。

「宮田屋と若狭屋の大番頭さんよ、江戸が昔のような家並みに戻るのはいつになる」

「一年後か二年後か。それも御神木を守れたかどうかで、決まりましょうな」

と松蔵は成算があるように言い切った。

「御神木を燃やしてご覧なさい。照降町のお店はばらばらになりますぞ。私どもはこの梅の古木を祭神様と敬い、楽しいときも苦しい折も助け合ってきたのではありませんか」

と若狭屋の新右衛門が言葉を添えた。

「ということだ、ご一統。もうひと頑張りしようではないか」

という周五郎の言葉に、

「照降町の古狸ふたりの言葉を信じてみるか」

とだれかが言い出したとき、

「お山は晴天　懺悔懺悔（さんげ）　六根清浄（ろっこんしょうじょう）」

と大山参りに唱える言葉がなぜか佳乃の口を衝いて出た。

「おお、大山は雨降りの神様だよな、雨が降れば火事なんぞいちころだぜ」

「よし、行くぜ」

とだれが音頭を取ったわけではないが、

「お山は晴天　懺悔懺悔　六根清浄」

とひとりが唱えると水かけをする全員の、

「お山は晴天　懺悔懺悔　六根清浄」

の大声が響き渡り、水かけの勢いが再び強まった。

「おお、大川の向こうに日が昇りましたぞ」

と松蔵の声が響き、不意にシマに吹き寄せる火の粉交じりの風が止んだ。

「佳乃どの、大丈夫か」

と周五郎が声をかけると、佳乃が口ずさんでいた大山参りの文句を止めて周五郎を見た。佳乃の全身は御神木同様にずぶ濡れだった。

「ひ、火は消えたの」

「いや、日本橋川の南側は未だ炎が上がっておる。だがな、風が弱まったゆえもはやこの界隈に火の粉が降ることはあるまい」

「そう、御神木は大丈夫だったのね」

「佳乃どのが身を挺して守ったのだ」

その言葉を聞いた佳乃が御神木に改めて身を寄せると、

「ありがとうありがとう」

と合掌した。

「おい、よしっぺ、生きていやがるか」

と声がして幸次郎が猪牙舟に乗って姿を見せた。むろん幸次郎も一夜船宿に火が入らないように頑張ったのだろう。疲労困憊（こんぱい）の様子だが、声はしっかりとしていた。幸次郎は佳乃のずぶ濡れの全身を見て言葉を失った。

「幸次郎どの、中洲屋は燃えなかったのだな」

と念を押した周五郎に、

「おおさ、船頭全員が屋根に上がり、水をかけたり火の粉を払ったりしたせいで、なんとか無事だったぜ」

と答えた幸次郎が、

「そうか、魚河岸もシマも二丁町も焼けちまったか」

と己に言い聞かせるように呟いた。そして、

「ご一統様、お見舞い申し上げますぜ。だがよ、力を合わせて照降町の御神木を守り通したんだ。必ず元のように復興しますぜ。照降町は宮田屋、若狭屋さんを始め、老舗のお店が何代にもわたって暖簾を守ってきた土地だ。この程度の火事にへこたれちゃ、照降っ子の名折れだもんな」

と鼓舞の言葉で一同を見舞った。

「幸次郎どの、頼みがござる」

「なんだな、鼻緒屋の半人前よ」

「ふっふっふふ、半人前でも認めてくれるか、うれしゅうござるな」

「半人前と言われて喜ぶのも変じゃないか。なんだい、頼みは」

「佳乃どのを中洲屋に連れていき、どなたか女衆の衣服に着換えさせてくれぬか。一晩じゅう、御神木を守るために水をかけている梅の幹に抱き着いていたのだ」

「どうりでひとりだけ頭から足先までずぶ濡れか。よしっぺは御神木といっしょに水を被っていたのか」

「そういうことだ。『お山は晴天　懺悔懺悔　六根清浄』とそれがしが聞きなれぬお題目を唱えてな」

「おお、そりゃ、大山参りのお題目だな、そうか、御神木を照降町のご一統と大山権現がお守り下されたか。八頭司さんよ、暇なときにおれが大山参りのことは講釈してやらあ。おい、よしっぺ、おれの猪牙に乗りな。まずは着替えだな、そのままだと風邪を引くぜ」

「幸ちゃん、わたしひとりそんなことできない」

「ばか抜かせ。親切は黙ってうけるもんだ。御神木の傍らで水を被っていた女はおめえさん、よしっぺひとりだぜ。あとは宮田屋、若狭屋の大番頭さんや男衆に任せねえ。御神木はみんなが守り通したんだ、大丈夫、照降町の復興を見守ってくださるぜ」

と幸次郎が言い、

「ねえ、宮田屋の、若狭屋の大番頭さんよ。ちっとよしっぺをうちに連れていきますがよろしゅうございますね」

と願った。

「頼みます。鼻緒屋の佳乃さんが身を挺して御神木を守ったのはだれもが承知です。これで弥兵衛さんの病気に続き、佳乃さんに倒れられたらうちはえらいことですよ」

と松蔵が言い、

「佳乃どの、皆さんのご厚意は素直に受けなされ」

と佳乃の手を引いて幸次郎に渡した周五郎の、

「火事場の片づけは男衆の務めにござろう。幸次郎どの、着替えを済ませたら親父様やお袋様がおられる因速寺に連れていってくれぬか。この数日は佳乃どのの出番はこちらになかろう。弥兵衛どのの世話をしながら、身を休めていなされ」

との指図に幸次郎は頷いて、

「合点承知したぜ」

と佳乃を乗せた猪牙舟を荒布橋から日本橋川に戻した。

佳乃は一気に力が抜けたか、言葉もなく舟の胴ノ間に座り込んで骸がいくつも浮かぶ流れを下って行った。

「八頭司さん、うちの蔵を狙った連中はこやつらですかな」

荒布橋の欄干に縛られて御神木にかける水を被っていた三人がぐったりとした顔で座らされているのを松蔵が見た。

「いかにもさよう」

「八頭司さん、そなたひとりでこの三人を捕まえられましたか」

若狭屋の大番頭が啞然として小伝馬町の牢屋敷から解き放ちになった三人と周五郎を交互に見た。

「ですから、私が言いましたよね、鼻緒屋の女主と侍さんの主従は照降町の救い主ですと」

「大した話ではござらぬ」

と応じて周五郎が話柄を変え、

「やはりお二方の外蔵を開けるのは一晩またねばなりませぬかな」

と質した。

「あれだけの炎で外壁が焼かれましたからな、内部の気をゆっくりと冷やしたあとに蔵の戸を開けるのがよろしゅうございましょうな」

と松蔵が答えた。

「中に火が入った様子はございませんか」

「八頭司さん、ただ今若狭屋の大番頭さんと二軒の外蔵を見てきましたが、二重の扉も風抜きも火が入った様子はございません。蔵に火が入っていたら、今の状態では済みますまい。ともあれ、火元が神田川の北の佐久間町、こちらに炎が飛んでくるまでに時がありましたでな、蔵を塞ぐ作業が十分にできたことが蔵の中へ火を入り込ませなかった要因でしょう」

と松蔵が言い切った。

「それはなによりでした。となると、いましばらくこちらにて様子を窺い、今晩も蔵を見張る警護組を置きましょう」

と周五郎が言った。

「そう願えるとありがたい。今晩からの警護組の控え場はすでに大工を手配していて、簡単な小屋を今夕までに建てますでな」

「それはなんとも手早い。ならば警護組を集めて若狭屋さんと宮田屋さんの敷地の地均しをしておきましょう」

「となるとますます大工の仕事が早く済みます」

と松蔵が答え、周五郎が尋ねた。

「いささか先々の話になりますが、ご両店の建物の普請には一、二年かかりましょうな」

「八頭司様、江戸の名物は『伊勢屋稲荷に火事喧嘩』と申すほど火事が多うございますのでな、普請に二年もかけていたら店が潰れます」

と若狭屋の大番頭の新右衛門が笑った。

周五郎はふたりの大番頭に余裕があるのは蔵の中に火が入らなかったことと、隠し財産が無事であるからであろうと思っていた。だが、そこにはなにか別の理由もありそうに思えた。

「深川の東側に木場があるのをご存じですかな」

「あの木場の周りには江戸市中の材木商が出店を置いております。うちも若狭屋さんも燃えた二階建てと同じ木組みをそっくり預けてございます。こたびはあちらまで火が飛ぶことはございますまい」

と松蔵が言い、

「すでに大工の手が入った梁、柱、板などをこちらに運んできて組み立てれば、燃えた二階屋と同じ建物が完成します。およそ二月から三月もあれば新しい若狭屋、宮田屋が組み上がる仕組み、建具や暮らしの道具は深川入船町の別邸に用意してございます。となるとそう、私の算段ではこの夏じゅうにも若狭屋さんもうちも商いを再開できます」

「なんと、それは驚きいった次第でございますな。大名屋敷ではそうもいきますまい。先立つものがありませんからな」

「お武家様は無理ですな。まあ、内所が豊かなところでも一、二年はかかりましょう。こたびはお城に火が飛んでいないと聞いておりますで、建て替えが楽でございましょうがな」

「むろん承知です」

松蔵の話を聞いて周五郎は、

「もののついでにお尋ねします。照降町で木組みの用意が出来ておるお店は二店のほかにございますかな」

松蔵が首を横に振った。

「まあ、正直申して内所が豊かでないお店もございますで、照降町で十軒やそこらは商いを止めざるをえないところが出ましょうな」

と若狭屋の大番頭が答えた。

（となると鼻緒屋はどうなるのか）

佳乃が戻ってくる前の一年半ほど、弥兵衛はまともに働けたことはなかった。

佳乃は再建の費えに苦労することになるか。となれば、安直な店を建てるか、新築なった宮田屋の店の隅に作業場を設えるしかあるまいかと、余計なことを考えた。

「どうやら峠は越えたようですな」

との声がして玄冶店の準造親分が手下といっしょに姿を見せた。

親分一行も一晩じゅう、火事の様子に気配りしていたと見えて顔に疲労を残していた。

「鎮火の目途が立ちましたか」

と松蔵が尋ねた。

「南は芝口橋から汐留あたりの御堀で食い止める算段がついたそうで。わっしらもそちらをただ今見てきたところです」

いつの間にか、刻限は六ツ半近くになっていた。

「安堵しました」

と松蔵が答え、準造の眼差しが橋の欄干に縛られた三人に行った。

「おや、わっしらへ手土産ですかえ」

「親分、うちの蔵に押し入ろうとした三人ですよ。どうやら牢屋敷から解き放ちになった連中だそうで」

「照降町を甘く見ましたな」

と準造の視線が周五郎に向けられた。

「得物は手槍に刀でした」

「そなたが捕まえられたか」

「それがしは叫びを聞いて駆け付けただけでござる。宮田屋の手代四之助どのが蔵の様子を窺いに行ったことが手柄です」

「宮田屋の手代がこやつら三人を倒したと申されますかな」

「いえ、それは」

と周五郎が曖昧に返事をして、

「それがしは刀の鐺で喉元や鳩尾を突いただけにござる」

と言い添えた。

「照降町の鼻緒屋の主従は救いの神だね、大番頭さん方よ」

と準造親分が笑い、子分たちに顎で欄干の縄を解くように命じた。

「さあて、こやつらをどこへ連れていったものか。奉行所は無理、南茅場町の大番屋は焼けた。となると差し当たって川向こうの番屋に連れていくしかねえか」

と準造が独り思案した。

三

佳乃は船宿中洲屋で女衆の衣服一式を借り受けて一息ついた。それでも一晩じゅう水を体に浴び続けたのだ。体の芯から冷え切っていたが、風呂に入ってゆっくりと体を温めさせてもらったお陰で生き返った。

体は温まったが口が利けないくらいに疲労困憊していた。

「佳乃さん、こちらにいらっしゃいな」

帳場座敷に通された佳乃に朝餉が待っていた。

「お、おかみさん、わたしはこちらのお客ではありません。このように手厚く遇していただく謂われはございません」

涙がこぼれそうになるのを必死で堪えて言った。

「佳乃さん、あなたが照降町の御神木を命がけで守った話を幸次郎から聞きました。男でもできないことを、女子の佳乃さんがしてのけたのです。うちは運よく火を免れました。この程度のことをなすのはこの界隈の人間として当り前です」

と女将がいうところに幸次郎が姿を見せた。

「よしっぺ、おりゃ下火になった火事場を見てきたがよ、南側はなんとか芝口橋、汐留近辺で火が止まった。だがよ、佃島まで火が入って何軒も家や漁り舟が焼けてやがる。おれが鳥ならばすべて焼け落ちた東西二十余丁、南北一里がよ、外蔵を残してくすぶっているのを認めることができたろうよ。人も大勢焼け死んでいるぜ、地獄ってこんなところじゃないか」

と言い、

「よしっぺ、おまえさんは照降町の御神木を守りとおしてシマの人々を勇気づけたんだぜ。魚河岸の兄さん連がよ、よしっぺは女神だ、日本橋川両岸に勇気をくれたとよ、しきりに感心していたぜ」

「幸ちゃん、わたしは三年も照降町に不義理をしていた女よ。御神木を守るくらい、シマの住人に再び加えてもらうためには当然なことよ」

佳乃の返答にうんうん、と頷いた幸次郎が、

「よしっぺ、女将さんの心遣いで朝餉を食してな、少し横になってよ、眠りな。そのあと、深川黒江町の因速寺におれが送っていくからよ」

「わたしだけがそんな贅沢をできるわけないわ」

佳乃は顔を横に振った。

「おめえはそれだけのことをしたんだよ。これからは男衆の出番だ。鼻緒屋のあと始末は、八頭司周五郎さんに任せねえな」

「ああ、周五郎さん、どうしているの」

「おれが最前見たとき、宮田屋の焼け残った材木なんぞを奉公人と一緒になって片付けていたな。宮田屋と若狭屋の建て替えが照降町の真っ先にやることだ。あの大店二軒は、代々稼いだ金子をもっていなさろう。その金子でな、まず建て替えて、次には他の店の再建の手伝いだ」

　その話を聞いた佳乃は頷きながら、うちに店と住まいを兼ねた家を建て替える費えがあるだろうかと案じた。

「温かいうちに朝飯を食いな、女将さんの気遣いだ。昨日の朝飯以来、なにも口にしていめえ」

「いいえ、こちらのご厚意のおにぎりを頂戴しました」

「とにかく食って、体を休めるんだよ。こりゃ、おめえの奉公人の周五郎さんの言葉だ。主が倒れちゃお店の復興もなにもあったもんじゃないからな」

「周五郎さんはうちの」

「半人前の奉公人といいたいか」

「幸ちゃん、そんな」

「いまや八頭司周五郎さんは照降町の再建に欠かせねえ頭分よ。宮田屋と若狭屋の大番頭さん方が頼りにしていなさる」

「周五郎さんはなにしているの」

「焼け跡を狙う悪党どもからよ、隠し財産を守る仕事に就いているとみたね。とはいえ、未だ蔵の戸は開けられめえ。ただいま、男衆で助け合ってよ、焼け跡の片付けだ」

佳乃がしばし沈黙し、幸次郎に頷き返した。そんなふたりの問答を中洲屋の女将のお鈴（すず）が黙って聞いていた。

「女将さん、頂戴致します」

と佳乃が言い、合掌するとお膳の炊き立てのご飯と豆腐とねぎの味噌汁、香の物に箸をつけた。それを見た幸次郎が帳場座敷から出ていこうとすると、

「幸ちゃん、待って。わたし、朝餉をご馳走になったら照降町に戻り、みんなを手伝いたい」

と言った。

「よしっぺ、ダメだ。男と女にはそれぞれ分があらあ。江戸が一日も早く復興するためによ、よしっぺは、因速寺の納屋で履物の鼻緒を挿げ替えるんだよ。こりゃ、宮田屋の大番頭さんがおれに言われたことだ。男衆が焼け跡で働こうにも足元は水と火を被った草履だけだ。仕事できるように草履や草鞋（わらじ）を照降町の男衆に作るのが女衆の仕事だとよ。こいつは売るんじゃないぜ、働き易いようにただで使ってもらうものだ。宮田屋では深川入船町の別邸に避難した女衆と年寄りの職人が集まって仕事用の履物づくりをするとよ。よしっぺもしばらくは下りものの履物に鼻緒は挿げられめえよ。だれもが持ち場持ち場で働くために、よしっぺ、

めしを食ってよ、少し体をやすめねえ。そしたら、おれが因速寺に送っていくからよ」

と幸次郎が宮田屋の大番頭らの意向を佳乃に繰り返し諭すように伝えた。

「それでも」

と言いかけた佳乃に、

「偶(たま)には幼馴染の言葉を素直に聞くもんだぜ。照降町の女はよ、心が強くなくちゃならねえ。同時によ、他人(ひと)様の言葉を聞く耳を持つ娘じゃねえと、可愛くねえぜ」

幸次郎は佳乃にもう一度諭すように言うと仕事に戻っていった。

「佳乃さん、幸次郎があんな生意気な言葉を言うようになったかね、まだ半人前の船頭と思っていたが、いっちょ前のことをいうよ。わたしゃ、初めて聞いたよ」

とお鈴が潤んだ両眼を佳乃に見られないようにしながら言った。

八頭司周五郎らは宮田屋の若い手代衆とともに焼け跡の整地を始めた。燃え残った梁や瓦を片付けるだけでも何日もかかりそうだった。だが、大番頭の松蔵が焼け残った蔵前から見張っているのだ。だから、だれもが黙々と片付け作業に精を出した。外蔵二棟の間に整地された幅二間奥行き六間余りの空地ができた。それができたころ、宮田屋出入りの大工の若い衆三人が川向こうから材料を荷船に積んで運んできて、仮普請の小屋を建て始めた。土台石に柱を立て、梁を渡し、棟木から垂木を下ろして板で屋根を葺いただけの小屋だ。

「大番頭どの、見張小屋でござるな」

「若狭屋の新右衛門さんと話しましてな、土蔵の扉を開けるのは明朝にすることにしました。となると、夜番衆がせめて夜露をしのぐ小屋が欲しい。牢屋敷から解き放ちになった連中が未だこの界隈をうろついていましょう。水蔵に落とし込んだものを取り出すのは、外蔵を開ける折に致しますでな」

と松蔵が周五郎に小声で言った。取り出された金子や書付は深川入船町の別邸に運ばれて一時保管され、再建の費えとして使われよう。となると、

「今晩ひと晩が勝負ですかな」

「悪たれどものことです。鎮火して油断した折に襲ってきましょうな。むろん奴らの狙いがうちとか若狭屋さんと決まったわけではございませんがな」

松蔵が言った。

「大番頭どの、宮田屋の建て替えはいつから始まりますかな」

「本日、八頭司さんとうちの連中がおよその後片付けをした敷地を明日から人足を入れてきっちりと地均しさせます。そのあと、焼けたお店兼住まいの見取り図を見ながら土台石を置き直して、大工の棟梁と大工が入るのは三日から四日後でしょうな」

「なんとも手際がよいことですね。こたびの大火事で何千軒焼失したか知りませんが、かような早業ができるのは江戸でも何十軒とありますまい」

「八頭司さん、私の勘では、江戸のまん真ん中がおよそ一里四方燃えております。大名屋敷、旗本屋敷、神社仏閣、表屋、裏店など合わせて数万軒に上ると見ました」

「数万軒ですか」

周五郎は、生まれは豊前小倉城下だが、父の定府に伴い、一家を上げて江戸に出てきていた。十歳の折だ。以来、譜代大名小笠原家の江戸藩邸である、御城近くの道三堀に架かる道三橋の北側にある屋敷で過ごしてきた。嫡男でなかったせいで周五郎は気楽な暮らしで屋敷の外に出て、剣術の道場に通ったり、町歩きをしたりしてきたために江戸育ちと言っていい。だが、江戸のことを、屋敷の数や人口密度を全く理解していなかったことになる。

「八頭司様の旧藩のお屋敷は道三橋際でしたな」

「いかにもさようでござる。玄冶店の親分や船頭の幸次郎どのの話では、小倉藩江戸藩邸に火が入った様子はないとのことです」

それにしても万が一に備えていた商人の手際のよい仕事ぶりに感心した。

鎮火した数日後、公儀より「内廻状」なるものが発表された。それによると、

「焼失場書上之控

一、御大名御屋敷　七十三軒

一、御旗本御屋敷　百三十軒

一、御目見以上御医師方　三十軒

一、町医師　三百七十九軒

一、町家表通　十一万三千八百三十五軒

一、同裏屋　二十五万五千六十五軒

軒別合〆三十六万九千五百十二軒　二千九百八十二戸前
一、土蔵
一、焼船　大船　七十六艘
　　　　　小船　四百八十二艘
一、橋数焼落之分　六十七ヶ所
一、御武家方焼失人　九百四十五人
一、往来ニ焼死人　千八百五十六人
　人別合〆二千八百一人」


　とのことであった。

　なんとこの文政の大火で大名屋敷を筆頭に裏店まで合わせて焼失したのはおよそ三十七万軒に上り、松蔵の予測すら大きく超えていた。そして、焼死者は二千八百余人であった。

　話は火事が鎮(しず)まった日に戻る。

照降町宮田屋土蔵前、暮れ六ツ前。

二つの外蔵の間に当座の見張小屋兼休息小屋が完成した。幅二間弱、奥行き三間半ほどの広さだ。

大番頭の松蔵が手代の四之助が漕ぐ猪牙舟に乗って小網町河岸を離れたのは、これより前の昼の八ツ半（午後三時）時分だ。

「大番頭どの、差し出がましゅうござるが、大番頭どのは徹宵なされた。主どのに照降町のことをお報せしたのち、別邸でしばらくお休み下され。それがし、奉公人方といっしょに照降町を守ると約定致す」

松蔵が火事騒ぎ以来の徹宵で、心身ともに疲労困憊していることは周五郎にも容易に察せられた。

「いいえ、旦那様に現状をお報せ致しましたら、直ぐにもこちらに戻って参ります」

「お気持ちは分ります。されど大番頭さんが倒れられたら宮田屋の復興は長引くか、悪しき場合は頓挫致します。ここはそれがしの願いを受け入れてくれませぬか。それともそれがしを未だ信頼できませぬか」

と周五郎は強い口調で言った。

しばし間を置いた松蔵が、

「旦那様と相談して今晩の動きを決めます」

となんとか理解してくれた。

それが二刻前のことだ。

周五郎たちが、

（さて夕餉はどうしたものか）

と疲れた頭で見張小屋を兼ねた休息小屋で思案していると、四之助の声がして、

「八頭司様、夕餉を運んできましたぞ」

と見張小屋の前に立つ気配があった。

六ツ半時分か。

「手代さん、夕餉だけか。ここには灯りもなければ、なに一つない」

と番頭の勇太郎が文句をつけた。

「番頭さん、ほれ、行灯は手にしておりますぞ。種火もこちらにございます」

と四之助が差し出した。

「おお、今晩は炎は飛んでこないが真っ暗闇のなかで一夜を過ごすかと案じておりました」

「ご一統、夜具も飲み水も小さい角火鉢も、酒まで大番頭さんが持たせてくれま

した」

四之助が周五郎の顔を見た。だが、真っ暗闇のなかだ、およそ体付きで周五郎を認めたようだ。そのとき、持参した行灯に灯りが入った。

火事の対応に続いて宮田屋の敷地の跡片付けをして疲れきっていた皆の顔に安堵の表情が漂った。

「四之助どの、夜具や夕餉は未だ船かな」

「私どもが時を要したのは、荷船を寝泊まりできるようにしていたからです。夜具に食い物、酒まで苫船(とまぶね)に用意してございます」

「さようでしたか、ご苦労でしたな」

と応じた周五郎は、

「番頭どの、交代で苫船に行き、夕餉をとり、一刻半ほど船で休んできませぬか」

と勇太郎ら四人を先に船へと向かわせた。

新しく建てた見張小屋に残ったのは周五郎、四之助に小僧の京次(きょうじ)と猪助(いのすけ)の四人だ。小僧ふたりは、眠らずに小網町河岸に舫われた舟で夜明けを待っていたらしく、敷地の跡片付けにもほとんど役に立たなかった。それはそうだろう、十三、四で恐ろしい一夜を過ごしたあと、満足な食い物もなく眠ることもできなかったのだ。

「小僧さん方、そなたらも苫船に行き、夕餉をとってきなされ」

と周五郎が命ずると小僧ふたりが喜びを一瞬顔に浮かべ、それでも手代の四之助を見た。

「八頭司様のお許しは大番頭さんの言葉です。気をつけていきなされ、よいな、堀に落ちたりしたら、大変ですぞ。骸が浮かんでおりますからな」

四之助が注意を与えて船に向かわせた。

「深川入船町の別邸の戻り道、黒江町の因速寺に立ち寄ってきました」

四之助が言い出した。

「おお、わが親方一家の様子はどうでしたか」

「佳乃さんは船宿中洲屋で湯に入り、船宿でしばらく休んだとか。私が訪ねた折には因速寺に戻られて、納屋の板の間を仕事場に変えておりました」

「早仕事をする心算(つもり)のようじゃな」

「大番頭さんに、仕事用の草履や草鞋を造るように命を受けたそうで、明日の朝から仕事を始めるそうです。材料は別邸にあったものを因速寺に届けましたし、寺の納屋には結構わら束がございまして、寺の和尚さんがさような趣旨ならば好きなように使いなされと申されたそうです」

と四之助が周五郎に報告した。

「佳乃どのが元気なればなによりじゃ。で、弥兵衛どののほうはどうか」

「大火事のお陰でえらく上気しておられて、なにやら病が治った気分と私に」

「いわれましたか」

「はい。ただ」

と四之助が言葉を途切れさせた。

「佳乃さんはなにかを案じておられるようでした」

四之助は弥兵衛が不治の病でいつ死んでもおかしくないことを知らなかった。ゆえに佳乃がなぜそんな表情をするのかわからなかったのだろう。

「おお、そうだ。大事なことを忘れておりました。川向こうの堀の入口で大塚南峰先生が乗る舟に出会いまして、先生が、『うちの診療所はダメだろうな』と尋ねられましたので、『シマはすべて燃え尽きました』と答えました」

「南峰先生はなんと申されたたな」

「これでさばさばしたな、と答えられました」

「先生らしいな」

「八頭司様、私の勝手な判断で弥兵衛さんが因速寺の納屋におることを伝えました。すると、『近々診療に参ろう』と答えられました」

「おお、よき報せかな。それがし、大塚南峰先生に弥兵衛どのの居場所を知らせたかったのだ。四之助どの、ありがたい、佳乃どのも喜ぼう」

と周五郎は大いに安堵した。

この刻限、いささか急拵えの仕事場で佳乃はわら束を木槌で叩いて柔らかにしていた。これまで神奈川宿で草鞋や、駕籠かきや馬方が履く冷飯草履(ひやめしぞうり)など造ったことを照降町では公言していなかった。念のために弥兵衛に聞くと、

「冷飯草履な、おれも造ったことがない。だが、この納屋にわら束があるということは、寺男が造っていたに相違ない。その辺りを探してみよ、一足くらい冷飯草履が残ってないか」

との返答に、土間のわら束があったあたりを探してみると、果たして冷飯草履も草鞋も見つかった。

手本があれば佳乃には冷飯草履を造ることはなおさら造作もない。それよりわ

らに柔軟性を持たせるように叩くのが意外と難しかった。

「どうだ」

畳の間から弥兵衛が聞いた。

「わら束の扱いが難しいわ。なんでも一朝一夕にはできないものね」

と佳乃が答え、佳乃がわらを打つ動作を見ていた弥兵衛が、

「佳乃、木槌なんぞより丸太のような棒はないか。棒で叩く方がわら全体に力がかかろう」

「待って、草鞋の傍らに麺棒のような使いこんだ棒があったわ」

佳乃が最前草履と草鞋を見つけた辺りで行灯を手に探してみると、果たして径が二寸ほどの棒があった。

「寺男さん、これでわらを柔らかくしていたのね」

と行灯と棒を手に板の間の仕事場に戻り、改めてわらを叩いてみると、佳乃が力を加えずとも棒の重さでわらが柔らかくなっていくのが分った。

コツさえ飲み込めば、草履や草鞋の造り方は大して手間ではない。なにしろ手本があるのだ。それに佳乃には周五郎のほかにはだれにも言っていない「経験」があった。

わら束を柔らかくしたところで、佳乃は今晩の仕事を止めることにした。すると納屋の表に人の気配がした。

(周五郎さんかしら)

と佳乃が思ったとき、

「こちらに照降町の鼻緒屋一家がおられるか」

と大塚南峰の声がした。

「先生、どうしてうちがここにいると分ったの」

「宮田屋の手代の四之助さんと最前大川河口近くの堀の入口でばったり会ったのだ。弥兵衛さんの具合はどうかな」

「大塚先生よ、おりゃ、火事を見たら元気を取り戻したぞ」

「おお、なによりだな、その声音ならば、わしが診察することもないか」

と言いながらも長崎遊学で手に入れた聴診器を取り出した。

四

八頭司周五郎は、この日、建てたばかりの見張小屋のなかでどてらを被って仮

眠しようかと考えていた。苫船に行き、夕餉を食したあと、宮田屋の番頭勇太郎に、

「八頭司さん、昨晩からほとんど寝ておられますまい。二刻ほどこちらで休んでいきませんか」

と言われた。だが、苫船から宮田屋の敷地まではそれなりに距離があった。

「勇太郎どの、それがし、見張小屋に戻って仮眠をさせてもらおう。なにかあってもあちらにいたほうが直ぐに対応できるでな」

と断った。

「ならばこのどてらをお持ちになってください」

と勇太郎が言い、

「番頭さん、私が八頭司さんのどてらをお持ちします」

四之助が自分のものと合わせて二枚の綿入れと座布団を抱えた。

大火事の最中に四之助は周五郎と行動を共にすることが多かった。そして、周五郎が宮田屋のために働くのは主と大番頭の、

「格別な命」

があってのことだと承知していた。こたびの火事騒ぎで四之助は八頭司周五郎

の人柄を信頼していた。ゆえに周五郎と行動をともにし、少しでも手助けすることが宮田屋への奉公だと考えていた。

「八頭司さん、なんぞ起きるとしたら今晩ですか」

小網町河岸から照降町へと綿入れを抱えて歩きながら四之助が小田原提灯を手にした周五郎に尋ねた。

「二棟の蔵が燃え残ったのは宮田屋にとって僥倖であった。その蔵へ昨日のような輩に忍び込まれたとしたら、大番頭さんが見張小屋まで建てられた気遣いに応えられぬことになる。この数日は注意をしても過ぎることはあるまい」

と周五郎が答えた。

親仁橋は燃え落ちていた。が、照降町の北側に位置する若狭屋は宮田屋と同様に再建のための敷地の跡片付けをすでに始めていた。ために焼け落ちた親仁橋に板だけの仮橋がかけられていた。

「八頭司さん、照降町がかような有様になるなんて信じられません」

焼け落ちた両側町に足を止めたふたりは荒布橋方向を見た。

周五郎は苫船にあった小田原提灯を手にしていたが、提灯の灯りに真っ暗な往来が微かに浮かんだ。今日一日、どこのお店も跡片付けした燃え残りの梁や柱が往来に積まれて、無残な状態がふたりの視界に入った。

「それがしも同じ気持ちじゃ」

「大番頭さんが宮田屋の建物が新たに完成するのに二、三か月と八頭司さんに言われるのをつい小耳にはさみました。そんなに早く二階建てのお店と住まいができるものでしょうか」

「四之助どの、大番頭どのはなんぞ心積もりがあっての言葉であろう。われらはその言葉を信じて動くしかあるまい」

四之助は焼失した宮田屋の建物と同じ木組みが木場の材木屋に保管されていることを知らなかった。木組みの建材が照降町に運ばれて組み立てられていくことを大半の奉公人は知らされていない。

宮田屋には日ごろから出入りする鳶職の親方や大工の棟梁がおり、万が一の場合には人手を真っ先に確保するという暗黙の約定もあってのことだろう、と周五郎は思っていた。

「八頭司さん、聞いてよいですか」

「なんだな」

「八頭司さんは鼻緒屋の奉公人ですよね」

「問われるまでもない。いかにもそれがしは鼻緒屋の半人前の鼻緒職人だ、そなたはよう承知であろう」

「ならば、なぜ鼻緒屋のために働かないのですか」

「手を貸す要はただ今の鼻緒屋にあるまい。せいぜい敷地の跡片付けじゃが、そちらはそう急ぐ要はない、それがしが暇になったおりに片付けるつもりだ。それよりも鼻緒屋の親店の宮田屋のために働くことが鼻緒屋の再建に少しでも役立つのではないかと思うたまでだ」

「大番頭さんは鼻緒屋となんぞ約束があるのでしょうか」

「いや、なにもなかろう。弥兵衛親方とおかみさん夫婦は深川の因速寺に避難されておる。照降町に残った佳乃どのは御神木を守るために命を張っておられた。話をする暇などあろうか」

と周五郎は四之助に応じた。

「そうですよね」

「ただ今の鼻緒屋の跡地をそれがしが地均ししたところで作業場の小屋すら建てる余裕はあるまい。最前も言うたで、繰り返しになるが親店の宮田屋のためにそれがしが微力を尽くすことで、鼻緒屋の再建になにか役立つのではないかと思うただけだ。分っていただけるか、四之助どの」

四之助の返答には間があった。

「鼻緒屋に八頭司周五郎ってお侍さんが働いていたことが、照降町のためにどれだけ大きな力になっているか。大番頭さんは別にして番頭さん方は承知されておりません」

四之助がぽつんと呟いた。

周五郎は宮田屋のために自分が働くことを快く思わぬ奉公人もいることを薄々感じていた。

「四之助どの、だれがなにを思うておるか、大したことではあるまい。自分の信念に従い、そのときの務めに無心に励めば宮田屋にも照降町にもよきことではないかな」

「は、はい」

ふたりは再び歩き出した。

若狭屋の敷地の奥にも宮田屋と同じような仮小屋が建てられて、灯りが点っていた。

「おお、宮田屋さんだね」

若狭屋の出入りの鳶と思われる男が声をかけてきた。

「幾四郎さんか、手代の四之助と鼻緒屋のお侍さんですよ」

「おまえさん方、照降町の御神木の梅の木を守り通したってね。頭が下がるぜ。本来ならば町内の鳶がやる務めだ。それを町内の方々がやり抜きなさった」

「いえ、御神木を守りとおしたのは鼻緒屋の佳乃さんとこの八頭司さんですよ」

「おお、佳乃さんの働きぶりを聞いてよ。鳶にもできることじゃないとうちの頭が感心していたぜ」

「佳乃さんが聞いたら喜びますよ」

「手代さん、鼻緒屋の親父さんはどうしているね」

「深川の檀那寺に避難しておられます」

「火事騒ぎで病がひどくならなければいいがな」

「大塚南峰先生が近々見舞ってくださるそうだ。なんとしても照降町へわが師匠に戻ってきてもらい、復興した町を見てもらいたいと思うておる」

ふたりの問答に周五郎が加わった。

「お侍さんよ、鼻緒屋の親子の力になってくんな」

との声を聞いて周五郎と四之助は照降町の奥、御神木のある荒布橋の方へと進んだ。

その瞬間、周五郎は真っ暗な闇のなかに殺気を感じた。

いくらなんでも今、藩の争いごとが周五郎に降りかかるとは考えられなかった。小倉藩小笠原家の江戸藩邸が焼失していないとはいえ、江戸の中心部を焼く大火事の直後に藩のもめ事の始末をつけようと動くことなどありえまいと周五郎は気持ちを整理した。

となるとこの殺気は、牢屋敷から解き放ちになった囚人とは限らず、大火事直後の虚脱と油断につけこんで大店の隠し金を狙う輩だろうか。

周五郎は四之助に殺気のことは告げなかった。

宮田屋の見張小屋には番頭の英次郎と小僧の京次がいた。小屋の内部には明日からの普請に要する道具や材料がかなり入っていた。

「長いこと留守番をさせ申したな」

「八頭司さん、苫船で休んでこられるのではないので」

「こちらで不寝番をするのがそれがしの務めと思い直したのだ。じゃが、敷地を見廻ったら、やはり苫船に戻り、一刻半ばかり寝てこよう。八ツ（午前二時）過ぎには戻ってくるでな」

「やはり苫船が楽ですか」

と英次郎が応じ、綿入れと座布団を抱えた四之助を先に小屋に入れた。

「こちらも交代で仮眠をとりなされ」

と言い残した周五郎は小田原提灯を手にぐるりと敷地を見廻った。最前感じた殺気は消えていた。

二棟の外蔵のうち一番蔵は、燃えた母屋の仏間と意外と近かった。三間半ほどか、なんとなくそんなことを考えながら、

「敷地に別状はござらぬ。こちらもな、交代で体を休めなされよ」

と外から声をかけた周五郎は荒布橋の方角へと歩いていき、鼻緒屋の燃え跡に立ち止まった。提灯をつき出して宮田屋よりはるかに狭い敷地を見た。間口の狭い二階家はほぼ灰燼(かいじん)に帰していた。

後片付けは二日もあれば終わるなと目途(めど)をつけて、西堀留川に架かる荒布橋に向かった。この界隈で焼け残った唯一の橋がこの荒布橋だった。江戸橋も日本橋も燃え落ちていた。

周五郎は、提灯の灯りで御神木の老梅を照らした。だれがかけたかわら縄に御幣を垂らしたにわか造りの注連縄(しめなわ)があった。

周五郎は提灯を足元において火事にも負けなかった御神木に感謝し、照降町の復興を祈願して拝礼した。

小田原提灯を手にする折、橋下に船宿中洲屋の猪牙舟が舫われていることを確かめた。

（幸次郎どの、もう少し猪牙を借りるぞ）

と胸のなかで願った周五郎は闇に沈む江戸の火事の跡を確かめるように江戸橋から日本橋の方向へと向かった。

江戸の機能は完全に奪われていた。

日本橋の手前に差し掛かった折、御用提灯が突き出されて、

「何者か」

と誰何(すいか)された。

「御用、ご苦労に存ずる。それがし、照降町の鼻緒屋に勤める者にござる。なんとのう燃え落ちた日本橋を確かめに参った次第」

「なに、浪人が照降町の鼻緒屋勤めだと」

と町奉行所同心が声を荒げた。

「須藤(すどう)の旦那、八頭司様はわっしの知り合いでございますよ。ほれ、昨晩、宮田

屋の蔵に押し入ろうとした解き放ちの囚人三人を叩きのめして、とっ捕まえたお方ですぜ」

と声がして玄冶店の準造親分が周五郎のことを告げた。

「なに、この者が昨夜の解き放ちをひとりで捕らえたと申すか」

「へえ、元々はさる譜代大名家の家臣の次男坊でございましてね、江戸藩邸育ちで、決して怪しいお方ではございませんので」

と周五郎の身元を告げた準造が、

「こちらの旦那は、わっしが世話になっている南町奉行所定廻同心須藤柿右衛門様でございます、八頭司の旦那」

と同心を紹介した。

「おお、照降町の御神木を女主らと守った御仁じゃな。玄冶店が世話になるな」

と須藤がようやく和んだ顔で言った。

「いえ、親分にはこちらが面倒をかけており申す」

と挨拶を返した周五郎は、

「須藤どの、解き放ちの面々は明日じゅうに牢屋敷に戻ればよいのかな」

「いかにもさよう。ただし、牢屋敷は焼失したで、浅草寺の境内になろう。じゃが、重罪の沙汰が予測される十数人の面々はどこであれ、戻ってくるまい。ゆえにわれらこうして夜通し見廻りをしておる」

「ご苦労に存じます」

と別れの挨拶をした周五郎は準造に目配せした。

「未明八ツ時分、御神木にて会いたい」

と小声で告げると燃え落ちた室町の大通りへと足を向けた。


小田原提灯を消した周五郎はこちらも灰燼に帰した魚河岸の闇をそろそろと戻ると荒布橋の猪牙舟に乗り込んだ。

どこの鐘撞堂も焼けてしまったので、刻限は分からなかった。およそ九ツ時分かと推量すると腰から一剣を抜いて立て、鞘に片手をかけて眠りに就いた。

どれほど眠ったか。

人の気配を感じた。

玄冶店の準造親分か。

だが、荒布橋の橋板を渡る複数の者の足音は乱れていた。町歩きに慣れた同心や御用聞きの足音ではないと周五郎は思った。

「宮田屋と若狭屋はどちらが不寝番の人数が多いな、野鼠の留吉」

「へえ、若狭屋は鳶の連中がおりやしてね、人数も宮田屋より多うございますぜ」

「宮田屋には仲間をひっ捕らえた用心棒がいるのだな。そやつ、見張小屋におるのか」

「いいえ、野郎、昨日一晩眠ってねえ上に、朝から宮田屋の跡片付けをしていましてね、見張小屋から苫船に行って眠り込んだか、あれ以来、戻った様子はありませんぜ」

しばし頭分が思案する間があって、

「よし、仲間の仇を討つついでに宮田屋の蔵の中の千両箱をごっそりと頂戴しようか。いいか、黒豆、八ツ半(午前三時)時分に船を親仁橋につけておくのを忘れるでないぞ」

と別の手下に指図した。

足音が消えた。

周五郎は刀を手に小網町河岸から焼け跡伝いに宮田屋の裏手に急いだ。囚人どもが早いか、周五郎が早いか。解き放ちの一味は焼け跡を調べながら宮田屋までくるのに時を要し、周五郎が先についた。有明行灯のもとで四之助が起きていた。

「四之助どの、ふたりをそっと起こしてくれぬか。いや、起こす前に番頭さんの前帯から蔵の鍵をお借りできぬか」

「蔵の鍵でございますか。番頭さんは二番蔵の鍵しか持たされておりません」

「二番蔵か、それでよい」

「どうなさるので」

「解き放ちの連中がくるでな、その者たちの要望に応えようと思うておる」

「えっ、なんといわれました」

「それがしを信じてくれぬか、四之助どの」

頷いた四之助が英次郎の前帯から二番蔵の鍵をそっと抜くと周五郎に渡した。

「四之助どの、荒布橋に三人していきなされ。橋下に猪牙舟が舫われておる。そのなかで待ちなされ。御神木を拝みにお知り合いがお見えになる。そしたら、こちらにご案内を願おう」

四之助が曰くが分らないまま番頭と小僧を起こして見張小屋から小網町河岸の焼け跡伝いに荒布橋に向かった。

小田原提灯を灯した周五郎は二番蔵の前で仁王立ちになって一味を待ち受けた。

「な、なんだ、てめえは」

と野鼠の留吉と呼ばれた男の声が周五郎を質した。

「待っておった」

「な、なにっ」

「野鼠の留吉では話にならぬ。頭分はどなたかな」

周五郎の問いに壮年の剣術家と思しき風体の者が、

「わしが奈良橋与左衛門良成である。なにようか、鼻緒屋の半端職人じゃな」

「ほおー、それがしを承知か、話が早い」

周五郎がにこやかに笑った。小田原提灯を灯しているので笑みの顔は相手方に伝わった。

「それがしを仲間に入れてくれぬか。なにしろ半端職人の日当では三度のめしにも事欠いてな、貧乏には飽き申した」

「信用がならぬ」

「急な話ゆえな、さようであろうな。そなたら、この蔵に千両箱が眠っておることは承知のようだが、蔵の頑丈な扉をどうやって開ける気かな」

「野鼠、大金槌を見せよ、こいつで扉を叩き壊す」

「音がするぞ、あちらの若狭屋には屈強な鳶の連中が何人もおる。その者たちが物音を聞きつけて駆け付ける、となると大騒ぎ、蔵に入るなど無理じゃな」

長い沈黙があった。周五郎は手にした鍵を見せた。

「それがし、かように鍵を持っておる。これで蔵の扉を開けて進ぜよう」

「こやつ、いま一つ信用ならぬ。野鼠、あやつから鍵を受け取って蔵の戸を開けよ」

「それがしを信じられよ。大事なことを念押ししておこう。分け前はもらえような」

「よかろう」

と奈良橋与左衛門が頷き、周五郎は鍵を渡すと野鼠の留吉から大金槌と灯りを受け取り、鍵穴が見えるように灯りを差し出した。

二重扉の錠前が次々に開かれ、鎮火してほぼ一日たった蔵の中から生暖かい風が吹いてきた。

「野鼠、宮田屋の千両箱は中二階じゃぞ。ほれ、灯りを持っていけ」

と周五郎が命ずると小田原提灯を手にした留吉が蔵のなかへと入り込み、仲間が六人ほど続いた。錠前に鍵はぶらさがったままだ。

「奈良橋どの、蔵に入らぬのか」

「口がえらくうまい。そなたから入れ」

「よかろう、それほど信用ならぬとはな」

と言いながら周五郎が、手にしていた大金槌を奈良橋の足の甲へと落した。

「ぎゃああー」

大金槌を足の上に落とされた奈良橋が叫ぶのをよそに周五郎は扉を次々に閉じていった。

「おや、どうしたな、大声をあげられて。盗人がそれでは商売になるまい」

というところに玄冶店の親分たちや若狭屋の鳶職らが手に得物を持って宮田屋の蔵前に駆け付けてきた。

第四章　大川往来

一

数日後の昼過ぎ、八頭司周五郎が苫船で仮眠していると、だれかが傍らに座した気配があって目覚めた。すると佳乃がびっくりした顔で、

「ご免、起こしちゃった」

と詫びた。しばし周五郎は頭が働かず、ぼうっとしていたが、

「佳乃どのか、すまぬ」

「火事が起こって以来、周五郎さんたら、初めて横になったんですってね。疲れて当り前よ」

周五郎はゆっくりと体を起こした。

「それがあちらに移って元気を取り戻したようよ。南峰先生もお父つぁんの様子を見て驚いておられたわ」

「それはなによりの報せじゃ」

周五郎の返答に佳乃が沈黙で答えた。

「どうしたな、佳乃どの」

「南峰先生とふたりだけで話したわ。お父つぁんの病がよくなったわけでは決してないの、人って不思議な生き物なんですって。死を前にすると一時急に元気になるそうよ。お父つぁんの場合、火事の大川を舟で運ばれてきて、気持ちが高ぶったのが、元気そうに見せているだけだそうよ」

「そうか、そういうことか」

「数日後には様子が必ず変わる、お父つぁんを悪いことが見舞うって。そのときは」

言葉を途切れさせた佳乃に周五郎は、

「ふうっ」

と息を思わず吐いていた。

（蘭方医の大塚南峰先生の診断を裏切る奇跡がおこるやもしれぬ）

と己に言い聞かせた周五郎は、

「佳乃どの、こちらになんぞ用事で来られたか」

と尋ねた。

「草履や草鞋を百数十足造ったの。それで宮田屋の船が因速寺に立ち寄ったのに乗せてもらって届けがてら、照降町の様子を見にきたの」

「なに、草履を百足以上も拵えたか」

「焼け跡で皆さん、裸足同然で後片付けをしているのでしょ。宮田屋の大番頭さんに届けたら、うちの女職人が冷飯草履を避難所の深川でこんなに拵えてくれたかって、涙を流して喜んでくれたわ」

「よかったな、鼻緒屋の女親方の株が一段と上がったぞ」

「三郎次に従って三年も六郷の渡しの向こうにいた修業が役に立ったのかしら」

「そういうことだ、佳乃どの」

と周五郎が明言し、問うた。

「ただ今何刻かな」

「八ツ半ごろかな」

「佳乃どの、宮田屋の片付けはほぼ終えたゆえあとは本職に任せるしかあるまい。そこで明日から鼻緒屋の跡片付けをなしたい旨を大番頭さんに断ってある」

「わたしも手伝いたい」

「案ずるな。それがしひとりで二、三日あれば跡片付けができよう。といって宮田屋や若狭屋のように家が建つ目途はないがな」

と周五郎が申し訳なさそうに言った。

「周五郎さん、ありがとう」

と佳乃が不意に礼を述べた。

「なんだな、急に礼など申されて」

「大番頭さんに言われたの」

「なんのことじゃな」

宮田屋では、すでに木組みした材木を照降町に運び込んで、元の総二階の店と住まいを造る。そちらの目途が立ったら佳乃には新しいお店で仕事をしてくれと願ったという。

「なに、当座、佳乃どのは建て替えた宮田屋のお店の一角に仕事場を設けてもらうということかな」

「そんな感じだったけど」

佳乃の両眼が潤んでいた。仕事ができることが、職人にはこれほどうれしいことか。されど、と周五郎は危惧した。ということは佳乃が宮田屋専属の職人になるということではないか。これまでは小さいながらも鼻緒屋の女主であったのだ。となれば周五郎は、職を失うことになりはせぬか。

「佳乃どのは今や宮田屋の売れっ子職人だからな。宮田屋さんは暖簾わけした鼻緒屋のような出店にも気遣いなさるのかのう、なんとも人情を心得たお店ではないか」

と周五郎は応じた。

「ちがう、八頭司周五郎さんの働きよ」

「それがしの働きとはなんだな」

「大番頭さんはわたしにだけ言われたの。『佳乃さん、八頭司さんのお力で宮田屋の蔵が守られた。そのお陰で財産が無事だったゆえ、宮田屋の建て替えと商いがこの夏の終わりにもできる。よいか、うちの救いの神は八頭司さんと佳乃さん、おまえさんだ』、こう申されたの。わたしはなにもしていないのに」

「いや、御神木を守ったのは佳乃どののお手柄とだれもが承知しておる」

佳乃がさらに首を横に激しく振った。

「周五郎さんはとくと承知の話よね。わたしは三郎次なんて女たらしといっしょに勝手に三年も照降町を出て、生まれ育った町に不義理したのよ。あの梅の古木を守るくらい当り前よ。この大火事で宮田屋にとって一番役に立ったのは、八頭司周五郎って人物よ」

周五郎は佳乃の言葉を無言で受けとめ、

（そういうことか）

と小さく首肯した。

あの日、周五郎は二番蔵の前で牢屋敷を解き放ちになった奈良橋与左衛門の足の甲に大金槌を落として動けなくし一味の七人を蔵の中に閉じ込めた。そして解き放ちの八人組を南町奉行所と玄冶店の準造親分に引き渡すことができた。

その知らせを聞いた大番頭の松蔵が避難していた深川入船町から駆け付けてきた。蔵の様子を確かめた松蔵が周五郎の顔を見て、

「助かりましたぞ」

と言った。

「大番頭どの、眠っておられる番頭の英次郎どのから二番蔵の鍵を許しもなく借りたのはそれがしでござる。この行いの責めはそれがしが負う」

「なにを仰いますやら。私はね、八頭司周五郎様に焼失した宮田屋の跡片付けの全権を委ねた心算です」

と受けた松蔵が辺りにだれもいないのを確かめ、

「二番蔵の鍵を手にされたのはなぜですな」

と周五郎に質した。

しばし沈黙した周五郎が、

「番頭どのは二番蔵の鍵しかお持ちではなかった」

と答えた。が、松蔵はなにも答えない。

「一番蔵の鍵は大番頭どのがお持ちである。その一番蔵の位置じゃが、焼失した母屋の仏間からは三間余りで二番蔵より近うございますな。なんとなくですが、二つの蔵の使い方は違うと思うたのです」

「ほうほう」

と満足げな表情を見せた松蔵が話の先を促し、

「どういうことでしょうな」

と他人事のような口調で周五郎にさらに問うた。

「それがし、仏間の仕掛けの下の水を張った穴蔵と一番蔵はひょっとしたら隠し通路で結ばれているのではないかと推量したのです。二つの蔵を除いてお店と住まいを兼ねた建物は焼失しましたな。敷地は更地にされる。仏間のあったところを片付けるとなると衆人の目に宮田屋の大事な秘密がさらけ出される。大番頭どの、一番蔵のどこぞから穴蔵に地下通路が通っておりませぬか」

こんどは松蔵が長く沈思して、

「私の推量に間違いはございませんでしたな」

と険しい顔で頷き、番頭の勇太郎を呼んで、

「これから一番蔵に入り、中に入れた下り物の品や大事な調度を確かめて大旦那様に報告します。私と八頭司さんが一番蔵に入ったら、しばらくはだれも入ってはなりませんぞ」

と厳命し、提灯を用意させた。

勇太郎は、なぜよそ者の周五郎を蔵に伴うのか訝しんだが、松蔵の険しい表情に頷くしかなかった。

松蔵が懐から一番蔵の鍵を出して二重の扉を開けた。

鎮火してひと晩の時を経た一番蔵の内部の気はわずかに温もりを残していて、外からの風を迎え入れた。

「よいな、番頭さん、私どもは一刻ほど蔵の内部を確かめます。その間、そなたは蔵の前を動かずに見張りをしていなされ。だれに願われても蔵のそばには近づけてはなりません。蔵には宮田屋が再興できるかどうかの命運がかかっておりますからな」

と改めて命じ、中に入った松蔵が内側からも錠を下ろした。

その間、周五郎は提灯を捧げて松蔵の手元を照らしていた。

「奥に進んで下され」

と命じられた周五郎は消えてなくなった宮田屋の仏間の位置を考え、提灯の灯りで仏間に近い蔵の一角へと進んだ。

蔵の角に造りつけの頑丈な納戸が見えた。幅一間半、奥行き七尺余か。いわば一番蔵のなかの蔵、「内蔵」ともいえる造りだ。

松蔵は一番蔵の鍵束から一つの鍵を選び、周五郎が持つ灯りで開けた。手慣れた様子に、一番蔵には大番頭しか入ることを許されない秘密があると思えた。

中の棚には母屋で使う掛け軸や調度品と思しき箱が整理されて入れられていた。

周五郎はここからが宮田屋の秘密の核心だと考え、背に差していた刀を抜くと納戸の外に立てかけ、この後の行動を考えて身軽になった。

松蔵が棚の奥の隅に手をかけると、納戸蔵の一角に二尺半四方の頑丈そうな床が現れ、周五郎の持つ提灯の灯りが揺れた。

松蔵が床の一部を押すとぽっかりと穴が開き、梯子段(はしごだん)が見えた。

「大番頭どのが先に下りられますか」

と周五郎が質した。

「すでに八頭司さんは宮田屋の秘密を知られたのです。おぼつかない私が提灯を手に下りるより、先に八頭司さんが下りて下され。段々の高さは一尺ほど、下まで一丈ほどです」

との松蔵の言葉に周五郎が頑丈そうな階段を下った。

確かに一丈ほど下に五尺四方の石組の空間があって、あとから下りてきた松蔵が石組の壁のどこかを操作すると、なんとその一部が開き、隠し通路が見えた。

「驚きいった仕掛けですな」

「よそ様の穴蔵はどうなっておるか存じませんが、大店はそれぞれの商いによってかような穴蔵を設えておりますので」

と応じた松蔵が、

「灯りを貸して下され」

と中腰で周五郎から提灯を受け取り、隠し通路の奥へと入っていった。

周五郎は仏間と一番蔵の間はせいぜい三間半と見たが、それより短いようにも思えた。

松蔵が奥でなにか操作をしていたが、水蔵の石壁の一部が開いたか、周五郎の顔に生ぬるい風が吹き付けてきた。宮田屋の最重要な金品を万が一の場合に備えて隠しておく穴蔵は、仏間からと一番蔵の納戸から入る二つの方法があるのだ。

「八頭司さん、お出でなされ」

との言葉に中腰で隠し通路を進むと、松蔵が、

「見てご覧なされ。あなた様のお陰で宮田屋の財産は無事でしたぞ」

と提灯を水蔵に差し出して周五郎に見せた。

仏間から見た折、高さは一丈五尺ほどあったが、横通路は水蔵の途中に切り込まれているために、水面はすぐ手に届くところにあった。そして千両箱と沽券など重要な書付を入れた箱は深さ一尺五寸ほどに減った水中に何事もなかったように静かに眠っていた。

「江戸の大店はもっぱらヒバ材を使って穴蔵を普請します。上方では切石積みで穴蔵を造りますそうな。京、大坂では地下水が深いので水が穴蔵に出ません。ところが江戸では地面から水脈が近いので穴蔵に水が入ります。そこでヒバ材で水の入るのを防ぎます。うちの場合、最初から切石の穴蔵に水を張って、火の侵入を防ぐことを優先させます」

と松蔵が周五郎に説明した。

「下りて確かめますか」

と周五郎が松蔵に聞いた。

「できることならば一番蔵の納戸まで移したいのですがな」

「ならばそれがしが水蔵の底に下りて、一つずつ手渡ししましょうか」

「願えますかな」

周五郎は裾を巻き上げると後ろ帯に挟んで、隠し通路から千両箱が隠された穴蔵の中に下りた。

一晩じゅう一番蔵の周りに炎が襲いかかったにも拘らず足に触った水は冷たかった。

松蔵が差し出す提灯の灯りを頼りにまず書付を入れた頑丈そうな箱から松蔵の

いる通路へと持ち上げた。さらに八つの千両箱と帆布で造られた袋に入れられた豆板銀と思しきものを次々に上げた。

「大番頭どの、それがし、千両箱は重いとは聞いておりましたが、なかなかのものですな。それに箱の細工も一様ではございませんな」

厚板の箱は帯包(おびかね)と呼ばれる鉄板で補強されており、二十五両入りの包金(つつみきん)が四十個入っている。

「いかにもさようです。何代も前から貯めてきた小判です。時によって小判に含む金の量が違います。古き時代の小判はただ今の相場のものより高く取引きされましょう。千両箱一つの重さは四貫（十五キロ）以上ございます。この重さが宮田屋の何代にもわたる汗と努力の結晶でございますよ」

と安堵した松蔵が応じた。

水蔵に沈んでいた千両箱などは納戸まで周五郎が運び上げた。その作業が終わったあと、松蔵が、

「八頭司さん、この千両箱の一件、佳乃さんにも口外しないで下され」

と願った。

「それはもう、案じなされますな」

と周五郎は約定するしかなかった。

「その代わり、礼は致しますでな」

あの折、松蔵はそう言った。周五郎がそんな思いに耽っていると、

「周五郎さんにどんなに感謝しても、し足りないわ」

と佳乃が幾たび目か同じ言葉を吐いた。

「佳乃どの、それがし、鼻緒屋の半人前の職人じゃぞ。その鼻緒屋の本店を守るのは当然の行いじゃ、ゆえにさような言葉は無用でござる」

と言いながら、周五郎が松蔵のもらした礼とはどのような意味であろうかと考えていると、

「それにしても大番頭さんたら、えらく嬉しそうだったわ。宮田屋の店と住まいが焼けたのに」

「二つの蔵がなんとか無事に残ったからな、再建の目途が立ったのではなかろうか。それもこれも佳乃どのが命を張って御神木を守りとおしたからじゃぞ」

「わたしだけではないわ。周五郎さんも照降町の皆さんも命がけで守ったからよ」

「ということにしておこうか」

と周五郎は答えた。

この日、照降町に深川入船町の別邸に避難していた宮田屋の当代源左衛門が姿を見せて、鳶の連中が整地する様子を確かめ、最後に松蔵とふたりで一番蔵に入り、半刻ほど過ごした。出てきた源左衛門が周五郎と佳乃を手招きして呼び寄せた。

「おふたりにはこの源左衛門、いくら感謝しても、し足りません。よいか、佳乃さん、鼻緒屋のお店と住まいの建て替えはうちに任せなされ」

と当代の主が不意に思いがけないことを口にした。

「旦那様、どういうことでございましょう。わたしがそれほどのことをしたとは思っておりません」

と佳乃が言った。

「佳乃さんが照降町の御神木を身を挺して率先して守ったと聞いております、それを見た八頭司さんもほかの男衆も、佳乃さんに続け、御神木を燃やしてはならぬと命を張ったからこそ、あの猛炎から守ることができたのです。そんな佳乃さんがこんどは、冷飯草履まで造っていなさる。本来、その手は冷飯草履など造る手ではございません。下り物の何分何両もする品物を扱う手です。いっぱしの職人ならば、安物の冷飯草履など造れるかと見向きもしますまい。そなたはそれをいとわず皆のために造ってくれました。この源左衛門、感謝の言葉もございませんぞ」

「旦那様、ただ今はさようなことをいえる時ではありますまい。皆さんが裸足で御神木を守ってくださいました。後始末に働く皆の衆のために草履を造るのになんの差しさわりがございましょうか」

「その言葉を吐ける男職人はおりませんよ。大番頭がね、佳乃さんは三年修業に出ていたと言いましたが、いかにも世間の苦労を肌身に感じて照降町に戻ってきてくれました。よいかな、夏が終わる前に宮田屋も鼻緒屋も新しい店で仕事を始めますぞ」

と源左衛門は佳乃を鼓舞するように懇々と言った。

周五郎は、なぜ宮田屋の主が長広舌をしたか、推量できた。

松蔵と周五郎が水蔵からひそかに持ち出して一番蔵の納戸に移した金子の存在をほかのだれにも知られたくなかったからだと感じていた。つまり周五郎が口をいるのだ。

嗣むことを条件に鼻緒屋の建て替えをしてくれると、源左衛門は周五郎に伝えていた。

「おお、そうでした。旦那様、照降町の再建が始まった折には、佳乃さんに因速寺の仮宅で仕事をしてもらってようございますか」

「むろんです。これだけの大火事です。すべての物が足りますまい。佳乃さんに下り物の草履や下駄の鼻緒を挿げてもらい、店の普請場の一角に並べれば、お客さんがお見えになりませぬか。お金というものはあるところにはあるものです」

と源左衛門が言い、

「旦那様、いかにもさようです。二丁町の中村座も市村座もすっかり燃えてしまいました。役者衆が舞台で履く履物とて要りましょう。近々二座の座元さんに火事見舞いがてら注文を聞いて参りましょう」

と松蔵が主の考えに応じた。

「旦那様、大番頭さん、火事に見舞われる前、吉原の雁木楼の花魁梅花さんからお呼びがかかっておりましたね。どうしましょう」

佳乃が会話に加わった。

「吉原は運よくこたびの火事の被害を免れました。近々私と佳乃さんで吉原に参り、ご用向きを聞いてきましょうか」

との松蔵の言葉に佳乃が頷いた。

「うちや若狭屋さんが一日も早く再興することが照降町の復興につながりますでな、普段どおりの仕事を始めましょう」

と宮田屋の源左衛門が言い切った。

二

その夜から八頭司周五郎は一番蔵に寝泊まりすることになった。また二番蔵には番頭の勇太郎と手代の四之助が寝泊まりすることになり、二つの蔵には夜具が運び込まれた。

翌朝、周五郎は鼻緒屋の焼け跡の跡片付けと整地をすることにした。すると四之助が鍬(くわ)やもっこを手に、

「八頭司さん、私も手伝わせて下さい」

と姿を見せた。

「あり難い。されど宮田屋に仕事はござらぬか」

「あちらはもはや私ども素人が手を出す場面はございません。蔵番をしていても退屈です」

と四之助が応じて、

「それに大番頭さんに命じられております。八頭司さんのすることを手伝えと」

と言い足した。

「あり難いことじゃが、鼻緒屋は宮田屋さんのように敷地が広くないでな。それがしひとりでなんとかなるが、とは申せ、話し相手がいるといないではははかどりが全く違うでな。跡片付けの励みになる」

と周五郎が笑みの顔を向けた。

鼻緒屋の敷地は宮田屋の十分の一もなかろう。だが、両側の店の燃え落ちた材木などがあったりして、それなりに人手は必要だった。ふたりで力を合わせて働くのはなんとも楽しかった。

「佳乃さんは深川に戻ってまた冷飯草履を造っていますか」

「いや、大番頭さんに火事前に預かった品物の鼻緒を挿げるように命じられておられたで、おそらく宮田屋さんの仕事を再開しているのではないかな。四之助どの、こんどばかりは手に技を持つ職人の強さを改めて思い知らされた。それがしなど、武家方の部屋住みにはなんの技もない、何の役にも立たぬ」

「八頭司さん、そなた様には剣術の技量がございます」

「剣の技量などなんの役に立とう」

「いいえ、宮田屋に入ろうとした押込み強盗と二度も渡り合い、やつらを叩きのめして玄冶店の準造親分に引き渡されましたよ。そのお陰で宮田屋の財産が守られ、再興に手がつけられたのです。これ以上の手柄がありましょうか」

「牢屋敷から解き放ちになった囚人を捕まえたところで、商いにはなるまい。佳乃どのや四之助どの方はその技を持っておる。刀を差した武家の時世は終わったと、こんどばかりはつくづく思い知らされた」

と答えながらなぜ二度にわたり、宮田屋が狙われたのか、周五郎はそんなことを漠として考えていた。

「お屋敷から戻れと命じられても八頭司様は戻りませぬか」

「四之助どの、それはない。それがしにさような声がかかることもないが、よしんばあったとしても、ただ今の藩に戻る気などさらさらない」

と周五郎が言い切った。

ふたりは話しながらも跡片付けを昼下がり八ツにはほぼ終えた。

「よし、次は地均し致しましょうか」

と四之助が言い、

「佳乃さんの鼻緒挿げの技量と八頭司さんの武士として住人たちを纏めて御神木の梅を守った働きはこれからの照降町の再起に大きな力になると、私は確信致しました。おふたりは照降町の財産です」

と言葉を添えた。

「ほめ過ぎじゃな。むろん佳乃どのの鼻緒挿げは名人技じゃが、それがしは平時になればなんの役にも立つまい。それより」

と言いかけた周五郎は不意に言葉を止めた。

「どうなされました」

「うむ、鉄炮町の武村道場の先生夫婦がご無事であったかどうか、ふと気になったのだ」

「やはり八頭司さんは剣術を捨てられませんね」

四之助がどことなく嬉しそうな顔で言った。

「最前から悟ったような言葉を繰り返してきたが、幼き頃から父から叩き込まれた剣術は」

「忘れられませんか」

四之助の問いに周五郎は素直に頷いた。

「私はお店の奉公人です。それでもなんとなく察せられるのです。八頭司さんに大事なのは剣術だと。こちらの地均しは半日一日を急ぐこともありません。鉄炮町の道場をお訪ねになって、剣術の先生方の無事を確かめてこられませぬか」

と四之助が周五郎に勧めた。

「さようなことができようか」

「大番頭さんが申されましたよ。旦那様と大番頭さんが照降町を留守にしておる折になにか起こったら、八頭司さんに判断を仰げと。大番頭さんはただ今深川の入船町に行っておられます。となれば、八頭司さん自らがお決めになればよいことです」

周五郎は四之助の忠言に頷くと、

「急ぎ往復すれば一刻で戻ってこられよう」

と言い残して敷地の隅に置いた刀を手に荒布橋を渡った。本船町、伊勢町と魚河岸の北側の堀留に沿いながら鉤の手に曲がる堀留を離れて鉄炮町の武村道場に急ぎ向かった。

周五郎は堀留を離れた途端、見知らぬ土地に迷い込んだように思えた。

見渡す限りすべて焼け野原で、ぽつんぽつんと焰から焼け残った蔵が見えた。そんな焼け野原で表店の跡では出入りの鳶職や奉公人たちが後片づけに勤しんでいた。どの人の顔も衣服も火事で汚れていた。

周五郎はふとふり返って、外堀の西側の公儀重臣の屋敷や譜代大名の屋敷の向こうに御城が無事の姿であることを確かめ、なんとなくほっとした。ということは豊前小倉藩小笠原家の江戸藩邸が焼失したということはない、八頭司家の暮しにも被害が及ばなかったと思ったからだ。だが、もはや主家小笠原家も実家の八頭司家とも関わりがないと改めて己に言い聞かせた。

気付くと鉄炮町と小伝馬町一丁目の辻に立っていた。

牢屋敷の焼け跡が見えた。黒く燃え落ちた牢屋敷の敷地の向こうに龍閑川の土手に植えられていた柳の木が焼け焦げて立っているのが哀れだった。

「八頭司師範、無事でしたか」

と不意に声がかけられた。声の主をみると武村道場の門弟、牢屋敷世話役同心の畠中伊三郎だった。

「おお、畠中どのか。そなたも無事でなによりじゃな」

「まさか囚人を解き放ちにする大火事になるとは考えもしませんでした」

「牢奉行の石出様も大変な決断であったな」

「最後の最後まで悩まれたようです。しかし炎が龍閑川を越えたとき、解き放ちを命じられました」

「で、囚人たちはすべて戻ってきたのかな」

と周五郎が案じた。すると別の声がふたりの問答に加わった。

「師範、そなたが照降町で捕らえた十一人以外に、六人が未だ戻っておらぬ。いずれも重罪人でな、やつらは最初から牢屋敷に戻る気などさらさらない。今ごろは江戸から少しでも遠くへと逃げていよう」

と応じたのは武村道場の門弟にして古参の鍵役同心流左門だ。牢屋同心の上席で四十俵四人扶持、牢内の鍵を預かっていることからこう呼ばれた。

「おお、流どの、ご無事でしたか」

「それがしは無事じゃが、戻ってこぬ囚人どもの一件で頭が痛い。それにしても師範があやつら十一人を捕らえてくれたで、なんとか面目が立った」

「それがしはただ照降町のために働いただけでござって正直牢屋敷のことは考えておらなんだ。それにしても訝しいことがござる」

「訝しいとはなんですね、師範」

　と畠中が聞いた。

「こたび被害に遭った江戸の真ん中、それなりに広いにも拘らずなぜ照降町が二度にもわたり、解き放ちの囚人に襲われたのでござろうか」

「おお、そのことか。揚り屋に直参旗本の元陪臣佐々常次郎が人を殺めようとした咎で入っておってな、こやつが魚河岸の近辺のことにえらく詳しいそうな。照降町についてもな、どこが金子を隠しておるか揚り屋で喋っておったそうだ」

「その者、なにをなしたのです」

「煮売り酒屋で酒を飲み、些細なことで隣席の職人と喧嘩になり、刀を抜いて相手の右腕をいきなり斬り飛ばしてさらに刀を振るおうとしたところを朋輩に取り押さえられたのだ。こやつも解き放ちから戻っておらぬひとりじゃ。直参旗本の領地が安房とか、やつはそちらに逃げたのではないかと考え町奉行所が安房に手配書を送った」

「相手が職人とはいえ、当今の下士が刀をいきなり抜いて腕を斬り落とすなど、剣術の心得がございますか」

「師範、それだ。やつは安房のご領地に伝わる居合術を幼少のころから学び、その腕前を買われて江戸に呼ばれたそうな」

と鍵役同心の流が言った。

「江戸に残っているとは考えられませんか」

「この有様じゃぞ。奉公していた直参旗本の屋敷は麹町ゆえ火事は免れたとはいえ、辞めさせられた屋敷に戻ったとも考えられぬ。やはり安房に逃げ戻ったのではないかな」

と流同心が言い、

「師範はそやつが未だ江戸にいて、押込み強盗を働くのではと考えておられるのですかな」

「いや、なんとなく嫌な感じがしただけのことだ」

「師範、佐々常次郎の齢は師範と同じくらいか。小太りでな、一見して居合術の凄腕の持ち主とはみえぬ。じゃが、酒が入ると粗暴になり、前述したような騒ぎを働くようだ」

「注意しましょう」

と周五郎がふたりに言った。

「師範、本日はこちらに用事ですかな」

「おお、用事を忘れておった。武村先生一家はご無事でござろうか」

「武村先生と内儀のふたりは、無事に湯島切通の娘御が嫁がれている根生院に避難なされました。わが同輩が火事の中で別れた折、『もはや道場の再開は無理、師範にそう伝えてくれぬか』との言葉を言い残されたそうです。われら、この火事で牢屋敷も剣道場もなくなり、門弟を辞めざるをえなくなりました」

と畠中が嘆いた。

「畠中どの、牢屋敷は直ぐにも再建されましょう」

「師範、そなた、時折こちらにきて剣術の指導をしてくれぬか」

と流が願った。

「照降町の後始末がいち段落しましたら、それがしでよければいつでも伺います」

と答え、

「一度、湯島切通の根生院に武村先生を訪ねてみます」

と言った周五郎は牢屋敷から武村道場のあった焼け跡を眺めて鉄炮町をあとにした。

深川黒江町の因速寺の納屋では、佳乃が二つの茶箱に入れられた、下り物の下駄や草履や鼻緒を板の間に広げて風を通していた。箱に仕舞いこまれて雑多なにおいが沁み込んでいるのを風にあてて少しでもとろうと考えてのことだ。

「佳乃、お寺さんに断らなくていいのかね。確かにこの納屋に住んでいいと和尚さんから許しを得たよ。でも、仕事をしてよいとは伺ってないからね」

と八重が言った。

「そうね。わたしが頼みに行っていいのかしら。ほんとうはお父つぁんが願うのが筋よね」

と言っているところに宮田屋の大番頭の松蔵が姿を見せて、

「おや、早仕事の仕度をしましたかな」

と言葉をかけてきた。

「なんぞご注文ですか」

「いえね、深川入船町から照降町の様子を見にいくついでにこちらの様子をと思ったのですよ。ただ今のところ、仕事を始められるのは佳乃さんだけですな。八頭司さんが鼻緒屋の敷地の跡片付けを終えたら、こちらに通って仕事をいっしょにしてもらいますかな」

と松蔵が佳乃に言った。

「大番頭さん、ちょっと相談がございます」

と前置きした佳乃が母親八重の懸念を告げた。

「おお、それは迂闊でした。私も佳乃さんといっしょに和尚さんにお断りしておきましょうかな」

と言った松蔵が懐紙を出すと一両小判を二枚包んで、

「当面はこれで願いましょうかね、こちらの暮らしが長くなるようならば、その折はその折で考えましょうか」

と言いながら佳乃と一緒に離れ屋から因速寺の庫裏を訪ねた。庫裏は川向こうから難を逃れてきた人々でごった返していた。

「おや、佳乃さん、どうなされたな」

と庫裏の差配をする納所坊主の宋俊が佳乃を見て尋ねた。

「宋俊様、こちらは照降町の宮田屋の大番頭の松蔵さんです。宮田屋はうちの親店でございまして、和尚さんにご挨拶をと願っておられます」

「過日、ちらりと挨拶は交わしましたな。和尚にな、ならばお上がり下さい」

とふたりを奥へと案内した。

佳乃はいつも森閑としている寺がざわめいているのを感じて、

(うちは運がよかった)

と改めて思った。

宋俊の取次に住職の錦然が、

「照降町の宮田屋の大番頭さんが挨拶ですと」

と直ぐに松蔵と佳乃を座敷に通してくれた。

「和尚、挨拶が遅れて申し訳ございません。うちの身内の鼻緒屋一家がこちらに大変お世話になっております」

と前置きした松蔵が、さすがに大店の老練な番頭、如才なく訪いの曰くを述べた。

「ほう、鼻緒屋の弥兵衛さんの跡目を娘の佳乃さんが継がれましたか」

「はい。うちの知り合いに三年ほど修業に出しておりましたがな、去年の暮れに照降町に戻ってきましてな、この松蔵、びっくり仰天致しました」

と松蔵は佳乃の三年の不在を知り合いの店での修業と言いつくろい、

「おや、びっくり仰天とはどんなことで」

と和尚の錦然が問い直した。

佳乃は問答に関わることはなかった。

「和尚さん、他人のめしは食わせてみるものですな。女職人などと私も期待をして送り出したわけではございませんがな、考えてみると履物は女もののほうが豪奢でございますし、多彩です。女衆の足に履く下駄なり草履を女の職人がこれまで手掛けることはありませんでしたな。ですが佳乃さんが照降町に戻って挿げた鼻緒を見たとき、男の職人では決して出せない繊細な艶というか風味があるのに気づいたのでございますよ。今や照降町の売れっ子職人です」

と松蔵は大仰に佳乃のことを持ち上げ、

「和尚さん、こたびの大火事で川向こうの人々は衣服も履物もなくしてしまいました。私どももいつもの暮らしが立つように履物を造りとうございます。ただ今、お借りしている離れ屋で佳乃さんに仕事をさせてもらえませぬかな」

と願った。

「ほう、照降町の女職人が誕生しましたか。ようございましょう、弥兵衛さんが元気になるまで佳乃さんにうちの納屋で頑張ってもらいましょう」

と住職が請け合った。

佳乃は無言で住職に平伏した。

顔を上げたとき、松蔵が佳乃を見た。その意味を佳乃は理解して、頷いた。松蔵が、

「和尚、弥兵衛さんはもはや仕事はできません。医師から余命わずかと宣告されています」

ともらし、

「この佳乃さんがこれからは鼻緒屋の女主にございます」

と言い切った。

「そうか、そうでしたか。痩せ方が尋常ではありませんでな、おかしいとは思うておりました。佳乃さんや、納屋はそなたが好きなように手を加えなされ、許します」

「和尚様、ありがとうございます」

と佳乃がただ一言礼を述べ、

「宮田屋ではこの夏の終わりまでに店と住まいを建て替えます。その折、鼻緒屋もいっしょに造りますでな、この三月ほど寺の離れをお貸し下され」

と願った松蔵が二両の包みを和尚の前に差し出した。

三

深川黒江町の因速寺の離れ屋の、かつて寺男が住んでいたという納屋の板の間に作業場を設けた佳乃は、火事の最中に宮田屋から預かった下りものの履物にそれぞれ合うように自らが選んだ鼻緒を挿げる作業を始めた。

板の間に接して弥兵衛の臥せる病間があった。

火事の興奮が収まると、以前の弥兵衛に戻り、蘭方医大塚南峰が時折診察に現れてわたす痛み止めを飲みながら、残り少ない日々を過ごしていた。

一方、八頭司周五郎は宮田屋の普請場に燃え残った一番蔵で寝泊まりしていた。

そして、朝になると蔵の鍵を締めて船宿中洲屋の持ち舟の猪牙舟で、日本橋川から大川を横切って黒江町の因速寺に通い、佳乃の傍らで松蔵が都合してきた安物の下駄や草履の鼻緒を挿げる仕事をした。

そんな日々が何日か続いたある朝、猪牙舟に南峰を同乗させて大川を渡る最中に周五郎はあることを思いついた。周五郎の足元には重そうな菰包みが一つ置かれている。

「南峰先生、火事が起こる前に怪我をした魚河岸の男衆の具合はどうですかな」

「末三郎か、もはや歩けるようになっておるで数日後には魚河岸に戻れよう」

「それはよかった」

「とはいえ、直ぐに仕事には戻れぬ」

「魚河岸が焼失したのです、仕事などありますまい。休めるときには休んでおく、それでよろしゅうございましょう。それより南峰先生はどうなさるな」

「怪我人がいる間は深川の魚問屋の寮に寝泊まりしておったがな、怪我人といっしょにシマに戻ることになる」

「そのあとのことです。それがしが知りたいのは」

「佳乃さんやそなたと違って宮田屋のような知り合いはおらんでな、シマに診療所が建つ目途はないな。どこぞで病人や怪我人の治療をしたいのじゃがな」

と南峰は頼りない返答をした。

「見習医師はどうしました」

「すべてを失ったわしに従っているわけにもいくまい。小梅村の実家にいったん戻っておる。診療所が再開した折に戻ってきたいというのだが、最前申したように目途は立っておらぬ」

「南峰先生、すべてを失ったわけではございますまい。なにより先生が息災なのですからな」

「とはいえ、医者は棒手振りのように出前診療はなるまい、なによりシマには宮田屋のように再建中の家が数軒あるばかりでどうにもならぬ」

「それがしにちと思案がございます。因速寺に行く予定を変えて、付き合ってくれませぬか」

「弥兵衛さんの診察は半刻や一刻くらい遅れても差し障りはあるまい」

と答える南峰に周五郎は大川河口の左岸、深川中島町と越中島の間に口を開けた堀へと舟を進め、名も無き板橋を潜った。

「そなた、だんだんと猪牙の操り方が上手になったな」

南峰が言った。

「船頭の幸次郎どのが貸してくれた舟ですが、客用にはならぬ古い猪牙だそうです。『火事で燃えたことにしてしばらく使っていなされ』と貸しっぱなしにしてくれたお陰で櫓の扱いに慣れました」

「幸次郎の男気に助けられておるか。火事で橋が落ちた今、舟がないとにっちもさっちもいかぬからな」

「いかにもさよう。それがし、船頭に鞍替えしますか」

と冗談を言った周五郎は、猪牙を富岡八幡宮の船着場へと進め、門前で一揖するとさらに三丁ばかり行った辺りで櫓を緩めた。

堀の北側は永代寺の寺領で南側は武家屋敷と瑞運寺なる寺が接しており、その先に深川入船町があった。だが、宮田屋の別邸がどこにあるのか、周五郎は知らなかった。そんな周五郎が船着場に猪牙舟をつけるのを大塚南峰は黙って見ていた。

船着場の端っこに漁り舟が舫われていて、老人が網を修理していた。

「ご老人、この界隈は入船町じゃな、こちらに照降町の宮田屋の別邸があると聞いたが知らぬか」

と聞くと、年寄り漁師は黙って東側を差し、

「堀が三俣に分かれているところの右手によ、大きな屋敷があらあ」

と教えてくれた。

「助かった」

と周五郎が礼を述べ、南峰を見ると、

「ほう、こんなところに宮田屋は別邸を構えていたか」

ようやく周五郎がどこを訪ねるのか分ったように応じた。

「師範、まさかわしにも鼻緒挿げをせよというのではあるまいな」

「かつて御典医にまでなろうとしたお方に鼻緒の挿げ替えをせよとはいくらなんでも願えませんよ。一度訪ねたかったのです、お付き合い下されまし」

首肯した南峰が診療用具と薬が入った箱を手にすると、

「本日はそれがしが見習医師を務めます」

周五郎の手には菰包みがあったが、片方の手を差し出した。

「宮田屋にも病人がおるか」

「さあて、どうでしょう。あの大火事騒ぎです。体調を崩した方もおられるでしょうな」

「師範は、わしに押しかけ仕事をさせようというのか」

「まあ、そんな具合です」

「そなたはなんだか知らぬが菰包みを持っておるではないか。わしが自分で薬箱を持つ」

ふたりは菰包みと薬箱をそれぞれ持って年寄り漁師に教えられた方角へと一丁ほど歩いていった。

宮田屋の別邸の広い敷地は柊の植込みがある石垣に囲まれていた。なかなか凝った柿葺(こけらぶ)きの屋根がついた門を潜ると、玄関に大番頭の松蔵の姿があった。その眼差しが周五郎の手に提げた菰包みにいった。むろんふたりは菰の中に千両箱が包まれていることを承知していた。

「おや、南峰先生、うちに診療ですかな」

「大番頭どの、それがしが大塚先生をお連れ致しました。どなたか体調を崩されたお方はおられますかな」

「おお、ちょうどよかった。内儀がこちらにきて頭痛やら肩こりがするというておられましたな。そうだ、旦那様にも先生の診察を受けてもらいましょう。ちょっとお待ちを」

と松蔵が脇玄関から奥へと姿を消した。しばらくすると若い女衆が、

「どうぞこちらへ」

とふたりを奥へと通した。

手入れの行き届いた庭越しに平井新田の茅原が広がり、武江と呼ばれた江戸の、内海が広がっていた。

なんとも素晴らしい景色だった。

周五郎は、無言裡に菰包みをそこに居た源左衛門へと差し出し、宮田屋の主がこちらも無言で受け取った。

診療所に替えられた座敷で宮田屋の内儀お幸（こう）の診療が始まり、周五郎はその場を離れて玄関へと戻った。すると松蔵が従ってきた。

「大番頭どのも南峰先生の診察を受けませぬか」

「八頭司さんや、私はね、坊主と医者が嫌いでね」

「そのふたりには最後に嫌でも世話になりますぞ。ただ今から縁があったほうがなにかと便利でしょうに」

「いや、死ぬ折はどのように仕度をしても当人が考えたようには参りますまい」

と言った松蔵が、

「八頭司さん、なんぞございますかな」

「ちとお願いがございます」

「なんなりと。千両箱を菰包みにして手に提げてこられる有難いお方はそうはおられませんでな」

と松蔵が言った。

「この次ひとりの折には二つ三つ運んできます」

「そう願いましょう」

「ときに見張小屋はどうなさるおつもりですかな」

周五郎が不意に話題を変えた。

「職人たちの休息の場になりましょうかな」

周五郎はその答えを聞いてしばし間を置いた。

「もしや、八頭司様の仮住まいにと考えておられますか」

「いえ、そうではござらぬ。本日、大塚南峰先生をお連れしたのは、あの見張小屋を先生の仮診療所として使えぬかとお頼みしたかったゆえです。もっとも大塚先生はこの話、ご存じありません」

「おおっ」

と驚きの声を発した松蔵が、

「思いもつかぬことでした。照降町に、いえ、魚河岸にもシマにとっても大事なのは病人や怪我人を診る医師がおることです。大塚南峰先生なら文句なし、酒も八頭司さんのお陰で断たれましたからな。旦那様に申し上げますが、間違いなく賛意を示されますぞ」

と松蔵が言い切った。

大塚南峰が宮田屋の別邸に避難している旦那の源左衛門・お幸夫婦を始め、女衆などの診察をした結果、お幸に疲労が見られたものの、病にかかっている者はいないことが分った。薬を調合されたのはお幸ひとりだ。ひと安心した宮田屋源左衛門の前に改めて周五郎と松蔵が姿を見せ、南峰も交えた四人の席で周五郎からの提案が松蔵の口を通して披露された。

驚いたのは初めて聞かされる南峰自身だ。

「なんと師範が、いえ八頭司さんが私をこちらに誘ったにはかような企てがございましたか。うーむ、さような無理が通りましょうか」

との南峰の危惧に、

「いやいや、それは大変よきことです。シマにとっても照降町にとっても大塚南峰先生の診療所が再開されるのは、なんとも安心です。火事の後始末で怪我人や病人が出てくるのはこれからでしょう。大塚先生が深川にいては、怪我人も病人も大川を渡ってたやすくは行けますまい。いささか手狭(てぜま)ですが、うちの敷地の中の小屋に仮診療所を開くのは、魚河岸の連中にとっても心強いことですぞ」

と源左衛門が一も二もなく賛意を示した。

「旦那様が案じられるように手狭なのが心配ですな」

と松蔵が言った。

「どれほどの広さがありますか」

「幅二間弱、奥行三間半ほどです」

と主の問いに松蔵が即答し、

「いえ、仮診療所なれば十分な広さです」

と南峰が応じた。

「となれば大工を入れて急ぎ診療所のように模様替えをさせましょうか」

「助かった。私の生きがいまで八頭司さんが考えてくれていようとは驚いた。感謝申しますぞ、師範」

と南峰が周五郎に礼の言葉を述べた。

「先生、それがし、寝泊まりを宮田屋さんの外蔵でしております。先生もそれがしといっしょに一番蔵で寝泊まりしませぬか」

「おお、それはよい。見習医師は診療所で寝泊まりさせましょう」

南峰が小梅村の実家に戻って待機している見習医師を呼ぶ腹づもりまで口にした。

「まずは見習医師より診療所の模様替えが先ですな」

と松蔵が言い、

「八頭司さん、これからおふたりと一緒に私も照降町に戻って小屋を診療所に模様替えするよう棟梁に相談しましょうかな」

と周五郎と南峰の猪牙舟に同乗して照降町に行くと言った。

「大番頭どの、帰り舟を黒江町の因速寺に立ち寄らせてよかろうか。先生に弥兵衛どのを診察してもらいたいのですがな」

「むろん結構です」

松蔵が照降町に向かうために立ち上がろうとした。すると源左衛門が、

「大番頭さん、これを早飛脚で送ってくれませんか」

と座敷の傍らにあった文机から書状を取り上げた。

「おや、京に修業に出ておられる若旦那に火事を知らされますか」

「火事の一報は佃島から上方に向かう廻船に願って何日も前に出してございます。これはな、朝太郎(ともたろう)を江戸に呼び戻すよう奉公先の四條河原町の山城屋の主に願う書状です」

「若旦那の京修業もそろそろ三年ですか」

「五年は他人のめしを食わせて修業をと思いましたがな、佳乃さんは三年であの

技量を身につけた。修業は当人の覚悟次第ですし、かような時期です。照降町の復興の手伝いをさせるのも朝太郎にとって大事なことかと思いましてな、山城屋さんに勝手を申し上げる次第です」

と源左衛門が言い切った。それを聞いた周五郎は未だ照降町について知らぬことが多いなと思った。

「そうか、朝太郎さんが京に修業に出て三年になりますか」

と大塚南峰が呟いた。どうやら宮田屋の嫡男が京に修業に出ていることを知らなかったのは、周五郎だけらしい。話を聞いて、

（よい判断だ）

と思った。

「旦那様、書状は急ぎ芝口橋の南にある飛脚屋から京に送ります」

と松蔵がいい、周五郎と南峰も帰り仕度を始めた。すると源左衛門が、

「八頭司様、そなた様に話がございます。しばらくこの場に残ってくれませんか」

と願った。

周五郎は南峰をちらりと見て、先に猪牙舟で待ってくれと目顔で伝えた。

ふたりだけになったとき、源左衛門が座敷の隅に置かれた菰包みに視線をやり、

「大番頭がこちらに戻る際、残りのものをすべてこちらに運んでくれませんかな。ばたばたしている照降町の蔵においておくより、書付も金子もこちらに運んでおいたほうが安心でしょう」

　と千両箱を菰包みにした周五郎に命じた。

　源左衛門は見張小屋が診療所になったとき、いろいろな人物が出入りすることになるのを案じて一番蔵から深川入船町の別邸に急ぎ移すことを考えたようだ。

「承知致しました。大番頭どのとふたりで明日にも残りの荷をすべてこちらへ運んで参ります」

　と周五郎が言い切ると、

「安心致しました」

　と応じた源左衛門が、

「こたびの大火事に際して八頭司様が鼻緒屋にいたことが、どれほどうちの助けになっておるか、復興の目途が立った折には八頭司様の身の振り方も考えさせて下され。そなた様を屋敷の部屋住みにしておくのも、鼻緒屋で鼻緒の挿げ替えを続けられるのも、いささか勿体ない気がしましてな。これは余計なお節介です」

と言った。

「主どの、それがし、未だ刀も捨てきれず、かといって鼻緒職人としては半人前どころか見習です。しばらく照降町の復興に微力を尽くせればそれでようございます」

「欲がないところが八頭司様の人物の大きさ、私どもにとってはなんとも心強いことです。まずは佳乃さんの力になって下され」

源左衛門の言葉に周五郎は無言で首肯した。

黒江町の因速寺では佳乃がせっせと茶箱に入れられていた下駄の鼻緒を挿げていた。

「あら、今日はどうしたこと。大番頭さんと南峰先生もご一緒なの」

と作業の手を止めた佳乃が三人を見た。

「ちと考えることがあって入船町の宮田屋さんの別邸を先に訪ねたのだ。宮田屋さんご一家や奉公人衆を大塚先生に診察してもらった」

と周五郎が報告する傍らからさっさと南峰が弥兵衛のもとへと向かった。

「どうだな、大師匠の具合は」

小声で尋ねる周五郎に佳乃が首を横に振った。

「そうですか、弥兵衛さんはよくございませんか」

と松蔵も声を潜めて大塚南峰が診察する背中を見た。そして、気分を変えるように、

「佳乃さんだけですな。せっせと本業に勤しんでおるのは」

と言い、続けて、

「この茶箱の下り物の挿げにどれほどかかりますな」

「三日もあればすべて出来上がります」

「ならばそのころ、この品を持って吉原を訪ねましょうかな」

「お供いたします」

と佳乃が応じる傍らで、松蔵が塗り下駄に色鮮やかな繻子(しゅす)の鼻緒を挿げた品を手にして、

「佳乃さん、いい仕事です」

と褒めた。

因速寺から照降町に戻る舟の中で大塚南峰が、

「もはやわしの手には負えんな。よう頑張って生きてこられた」

とぽつんと言った。

「先生、弥兵衛親方はいつ身罷っても不思議はないと」

「この二、三日で急に衰えた。食べる気もなくしているそうな、白湯だけを飲んでおるらしい」

南峰の言葉が櫓を漕ぐ周五郎にも胴ノ間に座った松蔵にも辛く響いた。

四

周五郎は菰と縄を手に照降町の一番蔵の錠を外した。

一方、大番頭の松蔵は大塚南峰を伴い、大工の棟梁金三郎と見張小屋を診療所に改装することを相談した。

「ほう、あの小屋が酔いどれ医者の診療所になりますかえ。そいつはいい」

「棟梁、近ごろ酒はあまり飲んでおらぬ」

南峰が即座に抗議した。

「とはいえ、長年の癖はそう簡単になおりませんぜ。ともかく南峰先生がよ、このシマで仮診療所を開いてくれるのは大いに結構なこった。どこでも焼け跡の片づけや普請場で怪我人が出るからな。よし、参次、こっちはおれが面倒みるから、おまえは今日明日の内に見張小屋を酔っぱらい医師の、じゃなかったな、南峰先生の注文を聞いて診療所に造り替えねえ」

と棟梁は腹心の大工参次に命じた。

「ほう、大火事のあと、南峰先生は荒稼ぎして酒代にする気か」

「どうもわしの評判は一朝一夕にはよくならぬようだな。もはや大酒はしておらんのだがな」

「剣術の稽古もしてるってな、でも鉄炮町の道場は燃えちまったぜ」

「されどわが剣術の師匠はこちらにおられる」

と南峰が一番蔵を見た。

「鼻緒屋の半端職人は蔵の見張り方か」

「まあ、そういうことだ」

「よし、南峰先生よ、診療所でなにが一番入り用だ」

「そうじゃのう。まず診療台じゃな、釘を踏みぬいたなんぞとなると、怪我人を寝かせる木製の寝台が要る。そのほかに薬やら手術道具を仕舞う棚があれば、最低のことはできよう」

「よし、今日じゅうに材料を集めてよ、明日じゅうに普請をおえるぜ。水場は要らぬのか」

「おお、忘れておった。水場は大事じゃな」

「先生の寝所はいらねえか。畳一枚くらいの寝床を角に造ろうか」

「今宵は宮田屋の蔵に泊めてもらうことになっておる、見習医師のために造ってもらおう。昼間は患者の待合場に使えるな」

と話がついた。

松蔵は蔵に行き入口で種火を行灯の灯心に移して納戸に向かった。蔵の扉が開かれているので蔵の中に昼下がりの光がうっすらと射していた。

松蔵は、無意識のうちに蔵のなかを確かめた。周五郎以外、人の気配があるはずはなかった。

周五郎はすでに納戸の錠前も外し、菰と縄を手に納戸に入り、古い帆布を剝いで千両箱に菰を巻き付けていた。

今日じゅうに深川入船町に運ぶ七つの千両箱と大事な証文や沽券が入った箱を菰包みにしなければならない。一度なした作業だ。手順どおりに菰を巻くと荒縄で縛った。

そんな折、松蔵が行灯を手に納戸へと姿を見せた。灯りが納戸部屋を照らし、周五郎の作業ははかどることになった。

「大番頭どの、できることなれば一度に猪牙舟に運びたいのですがな」

一番蔵の納戸から荒布橋の猪牙舟に周五郎が一遍に菰包みの千両箱を二つ運んだとしても舟に置きっぱなしにはできない。松蔵が、

「私が猪牙に残りましょうか」

「それも手です。じゃが、それがしが蔵に戻る間、大番頭どのが独りになりますぞ、なにが起こってもならぬ」

「菰包みを千両箱とは思いますまい」

「いえ、大番頭どのになにかあってはいけない。大事をとったほうがいい」

一番蔵に千両箱が残されていることを承知なのは、ここでは大番頭の松蔵と周五郎だけだ。菰包みが千両箱と知られるのを周五郎は避けたかった。一見しただけでは菰包みがなにか分らなくても、持てば千両箱独特の重さで推量がつくであろう。しばし沈思していた松蔵が、

「大八車を棟梁から借りてきます。それで一気に荒布橋の猪牙まで運びませぬか」

「おお、それはよい」

周五郎は千両箱の菰巻きに専念した。できることならまだ明るいうちに大川を渡りたかった。そこへ松蔵が戻ってきて、

「大八を蔵前に借りてきました」

と告げ、頷いた周五郎が手を休めることなく、

「大塚南峰先生の仮診療所はどうなりましたな」

「明日じゅうに出来上がるそうです」

「おお、それはよかった」

「南峰先生は昔の診療所の焼け跡を見に行かれました。なんぞ使えるものがあるかどうか探すそうです」

「あれだけの猛炎に焼かれたのです。使えるものがあるとも思えませんがな」

「よし、出来たぞ」

と周五郎がいい、
と七つの千両箱が菰包みにされた。

「書付の入った箱と布袋の豆板銀は菰で包まぬほうがようございませぬか」

「ならば、納戸から蔵の扉まで運びますか」

周五郎と松蔵が菰包みの千両箱などを交代で一番蔵の内扉の前に運んだ。周五郎は最後に納戸の壁に立てかけておいた刀を後ろ腰に差した。扉を開けると南峰が立っていた。

「小船町の診療所の跡地になんぞ使えるものはありましたかな」

「きれいさっぱり大塚南峰の過ぎし日々を火事が消し去っていきおった」

「家が焼失しただれしもが考えることでござろう。とは申せ、南峰先生には先生自らと仕事の道具が残された」

「火事が起こった折に怪我人の治療をして、付き添って川向うに避難したでな。師範らのようにシマの役には立てておらぬ」

と南峰が自嘲した。

「先生が力を発揮するのはこれからでござる」

周五郎と松蔵は菰包みの千両箱を大八車に載せた。南峰はなんとなく菰包みの中身を察している様子で、手を出そうとはしなかった。

「南峰先生、今晩から一番蔵で寝泊まりしてようございますよ。蔵の隅に夜具が何組か積んでございます」

と松蔵が言った。

「ならば、師範が戻ってくるまで留守番をしていよう」

　とふたりを送り出した。

　周五郎らは大八車を照降町の御神木の傍らに止めて、松蔵が書付の入った箱を猪牙舟に載せた。

「大番頭どの、それがしが荷を運ぼう。荷を受け取って下され」

　と周五郎は願った。

「おい、宮田屋の大番頭さんよ、大火事のあとでよ、夜逃げかよ」

　と声がして船頭の幸次郎が客を乗せて日本橋川を通りかかり、舟足を緩めた。知り合いだろうか、乗客と言葉を短く交わしていた松蔵は、積み終わると宮田屋の奉公人らのところに深川入船町に行く旨を伝えにいった。

「幸次郎どの、大番頭どのとそれがし、かように千両箱を積んでな、上方辺りに逃げるところじゃ」

「剣術の先生よ、冗談でもよ、そんな景気のいい言葉が聞きたいよな」

「それがしも一度くらい言ってみたかったのだ。佳乃どのは因速寺で鼻緒の挿げをしていなさる。暇ができたら、顔を見せてくれぬか」

「弥兵衛さんの具合はどうだ」

「よくない」

　とだけ周五郎は答えた。

「そうか、よくねえか。見舞いにいこう」

　と言い残して幸次郎は楓川へと舳先を向けた。

　そのとき、周五郎はなんとなく見張られているような視線を感じた。だが、大火事のあとのことだ、日々の暮らしとはことなる時の流れであった。周五郎が気にし過ぎたかもしれなかった。

　松蔵が早足で戻ってきた。

「行きますかな」

「それがし、段々と舟を操ることが上手になった」

「八頭司さん、鼻緒屋の職人ということを忘れないでくだされよ。船頭に鞍替えしたら照降町が困る。いえ、佳乃さんが寂しがりますぞ」

　と松蔵が半分本気で周五郎に注意した。

「案ずることはござらぬ、船頭は幸次郎どのに任せよう」

　と言った周五郎が舫い綱を解き、竿を手に荒布橋から離して日本橋川に出した。

　夕暮れ前の傾いた光のなかで日本橋川には未だあちらこちらに亡骸が浮いてい

た。焼死体などがいったん水底に沈み、再び浮いてきたのだが、始末する手が足りなかった。

松蔵も周五郎も改めて己丑の大火と呼ばれ始めた大火事の悲惨さと残酷さを思い、黙って見ているしかなかった。

周五郎は竿を櫓に替えると一気に大川へ向かって猪牙舟の舟足を上げた。

主の源左衛門は松蔵と周五郎がいっしょに運び込んだ千両箱などを別邸の自室に設けられた隠し戸に仕舞いこんで、ほっと安堵した。

「八頭司さんや、これで宮田屋を私の代で潰さずに済みました。この礼はいずれ照降町のお店が建て替えられた折にさせてもらいますでな」

「主どの、礼はあれこれとすでに頂戴しております。それがしは気楽な独り者、それより鼻緒屋の今後の面倒をお願い申します」

「むろんです。佳乃さんは弥兵衛さんに代わる大事な女職人です」

宮田屋の奉公人の男衆の三分の二が照降町に残り、松蔵ら五人が深川入船町に移っていた。こちらは大丈夫と思った周五郎は松蔵を残して深川入船町の船着場を出て、空舟を深川黒江町の因速寺の船着場に着けた。

弥兵衛の様子を見ていきたかったからだ。周五郎を迎えた佳乃が即座に首を横

にふり、

「だんだんと弱っていくのが見えるの」

「そうか。もはや照降町には帰れぬか」

「無理ね。あちらはどう」

周五郎は近況を説明し、

「ただ今あちらに戻ったところで、悲惨な光景を見るだけであろう。弥兵衛どのが元気を取り戻せるとも思えぬ。明日、それがしが大塚南峰先生をお連れしてこよう」

「もはや南峰先生の手を煩わせてもダメと思うけど」

佳乃までが弱気になっていた。

「佳乃どの、最後まで諦めてはならぬ。それがし、南峰先生と宮田屋の蔵で寝泊まりすることになった。南峰先生は、明日にも魚河岸の怪我人の主人の別邸に預けている治療道具の残りを取りに行きたいそうだ。その折、それがしもいっしょにこちらに必ず戻ってくるでな」

と言いながら、土間から病間の弥兵衛に眼をやった。

弥兵衛の両眼を閉じた横顔が見えた。頬が今朝方見たときよりまた一段こけていた。その布団の傍らにうめとヨシの二匹の猫が抱き合うように寝ていた。

「周五郎さん、夕餉を食べていかないの」

「少しでも明るいうちに大川を渡りたい。食い物を馳走になるのは落ち着いた折にしよう。それより佳乃どのの仕事は捗ったかな」

「明日いっぱい働けばなんとか目途が立つと思うわ」

「弟子が師匠に申す言葉ではないが、くれぐれも無理をするではありませんぞ」

と言い残して因速寺の納屋を出て猪牙舟に戻った。

周五郎が照降町に戻ったのは六ツ半（午後七時）過ぎのことだった。

宮田屋の普請場の隅に焚火が焚かれ、鉄鍋でごった煮が調理されていた。

「おお、戻って見えたか」

と南峰がほっと安堵した体で周五郎を迎えた。

「美味そうなものが出来ておりますな」

「魚河岸仕込みの男料理だ。握りめしも酒もあるぞ」

と見舞い品の米、味噌、角樽を差した。

「南峰先生は飲んでおられませんか」

「わしの評判は未だ最悪でな、わしが最初に手をつけるとなにを言われるやもしれぬ。すまんが師範、そなたが最初に口をつけてくれぬか」

と願った。

「驚きましたな、南峰先生がそれほどまでに評判を気になされるとは」

「明後日からは治療を再開する。評判も大事であろう」

と南峰がにやりと笑い、角樽の栓を抜き、茶碗を手にした周五郎に注いだ。すると宮田屋の奉公人らが集まってきて、南峰が全員の茶碗に酒を注いで回った。

「今日も一日、ご苦労でございましたな」

と一番番頭の勇太郎が一同に声をかけ、茶碗酒を口にした。

ゆっくりと口に酒を含んだ南峰が、

「美味いな」

としみじみ言った。

「南峰先生、飲み過ぎはいけませんよ」

と勇太郎が注意すると、

「番頭どの、わしは信用ならんでも厳しいお目付役の師匠が傍らにおるでな、この一杯で止めにしよう」

「そんな馬鹿な」

と番頭の英次郎が思わず漏らした。

「まあ、見ておれ」

とちびちびと酒を飲みほした南峰が茶碗を置いた。それに倣って周五郎も置いた。

「南峰先生、明後日から診療を再開されたら、朝の間には照降町の明地(あきち)で剣術の稽古を始めましょうか」

「よいな、師匠」

と南峰が応じて、

「どうだな、そなたらも朝の間、体を動かさぬか。汗を掻くと爽やかな気持ちになるぞ」

「冗談ではございませんよ。私どもは一刻も早くお店を再開するために大工衆の下働きが待っております。体は十分に動かしております」

と古参の勇太郎が拒んだ。

「だれも剣術の稽古をする者はおらぬか。八頭司先生の教えは丁寧な上に優しいぞ」

とそれでも南峰が誘い掛けると、手代の四之助が半分ほど注いでもらった酒を飲みほして手を挙げた。

「おお、新弟子がひとり増えたとなると、わしは先輩弟子ということになるか」

と満足げに笑った南峰が、

「よし、明後日とは言わず明日から稽古を始めませぬか。木刀や竹刀はないが、棒きれならば普請場だ、いくらもあるでな」

と言った後周五郎に目配せした。

火のある場所から少し離れ、見張小屋の前にふたりは移動した。

「なにかございましたかな」

「二つばかり」

「二つもありますか。まず一つ目を聞きましょう」

「そなたの旧藩の者が姿を見せてな、そなたの行方を尋ねてきた。ゆえに勝手ながら、大火事以来見ておらぬと返答をしてみたが、下手な嘘であったと反省しておる。他の者に確かめれば、そなたが照降町の復興に手を貸しておることは直ぐに分ろう」

「その者とはこれまで照降町に姿を見せた者でござろうか」

「わしはだれひとり、そなたの旧藩の者に会ったことがないでな、なんともいえぬ。勇太郎さんは初めて照降町で見る顔と申していた。年は、不惑を前にしておるか一つ二つ過ぎたか、言葉遣いからいって藩の上士であろう。西国訛りが残っておるが江戸藩邸奉公はそれなりに長かろう」

「見当もつきません。ともかくそれがし、もはや旧藩とは関わりたくございませんでな」

と応じた周五郎は二つ目を促した。

「こちらも判然とせぬ。そなたと大番頭どのが菰包みの荷を載せて去っていく猪牙舟をひとりの男がじいっと見送っておった。ありゃ、只者ではない。わしは半年ほど前、あやつが葭町の仏具屋に因縁をつけて強請をしているのを見ておる。あやつが牢屋敷に入っていたとしても不思議ではなかろう。それに剣術遣いと思われる者がひとり従っておる」

周五郎はしばし沈思したあと、

「南峰先生、明日の稽古は無理かもしれません。それがし、この足で深川入船町に戻ります。おそらく一番蔵に休まれてもこちらには押込み強盗は入りますまい」

と言うと南峰が無言で頷き、

「千両箱はあちらじゃからな」

と言って見送った。

一番蔵の一組の夜具を載せ、かすかな星明かりのもと大川を舟で渡る周五郎は、

（本日何度目の往来であろう）

とすきっ腹を抱えて考えた。

第五章　弥兵衛の遺言

一

周五郎は、猪牙舟に積んできた夜具を宮田屋別邸の船着場に止まっていた屋根船に移し、入船町界隈を密やかに見廻した。だが、今のところ怪しい気配は感じられなかった。そこでその夜は屋根船のなかで寝ることにした。

朝が訪れて宮田屋の別邸に異変のないことを確かめた周五郎は、夜具を屋根船の隅に畳んで猪牙舟に乗り移り、深川黒江町の因速寺の船着場に移動し、折から門前の掃除を始めた小僧に黒江町の湯屋の場所を尋ねた。するとさほど遠くない八幡橋(はちまんばし)際の深川北川(きたがわ)町に深川六兵衛湯(ろくべえゆ)があることを教えられた。湯銭くらいの持ち金が懐にあることを確かめて湯屋に向かった。

「すまぬ、湯に入れてくれぬか。出来れば手拭いを貸してほしい」

「うちは手拭いを貸しておりません、十五文で売っています」

と女衆がいうので湯銭と手拭いの代金を払った。

「刀は二階に預けてくるのかな」

「まだ小女が来ていません、番台に預かりましょう」

と一本差しの同田貫を預かってくれた。

「旦那はこの界隈の人ではありませんね」

「知り合いが黒江町の因速寺に避難してきておるのだ。よってそれがし初めてこちらの湯屋に世話になる」

「江戸の火事で焼け出されましたか」

深川の住人にとっては千代田のお城がある大川右岸が江戸なのだろう。

「魚河岸そばの照降町から知り合いがこちらに来ておる」

「あら、まさか浪人さんたら、鼻緒屋の佳乃さんの知り合いじゃないわよね」

「それがし、鼻緒屋の見習職人でござる。弥兵衛どのの弟子でな、ただ今は佳乃どのがわが女師匠だ」

「浪人さんが鼻緒屋の職人なの」

六兵衛湯の娘か嫁か、年増の女が訝しい表情で周五郎を見た。

「みなに不思議がられるがそれがし、手仕事が性に合うてな。なにより照降町が好きなのだ」

「佳乃さんと浪人さんか、妙な取り合わせの親方と弟子ね」

「照降町でも当初は不思議がられた」

と応じた周五郎は脱衣場に上がった。折から暖簾を掲げたばかりか、洗い場に隠居風の年寄りがひとりいるだけだった。

昨日、川向こうとこちらを何往復したか、潮風や汗で体じゅうがべたべたしていた。かかり湯を使い、柘榴口を潜って最前洗い場で見た老人に、

「相湯を頼む」

と願うと背中に天女の倶利伽羅紋々を負った老人が、

「うちの風呂じゃございませんぜ、勝手に入りなせえ」

と許してくれた。

湯船に浸かり、ふうっ、と満足の吐息をした。

「火事で深川に逃げてきなさったか」

「そういうことでござる。ひどい大火事であった」

「対岸の深川からも天を焦がす焰は見ましたぜ。ありゃ、人間の手ではどうにも抗えませんや。裏店はどこですね」

「仕事場は照降町、わが長屋はその近くだ。一切灰燼と帰した」

「えらい目に遭いなさったね。で、この界隈に避難していなさるか」

「それがしの主一家が黒江町の因速寺に厄介になっておる」

「おや、うちの檀那寺だ。照降町が仕事場と言いなさったが、まさか弥兵衛さん一家と知り合いじゃあるまいね」

「その弥兵衛どのがそれがしの大師匠、ただ今は娘御の佳乃どのが師匠にござる。ようやく古下駄の鼻緒の挿げ替えができる程度の技量でしてな、半人前でござる」

ここでも自らの立場を説明する羽目になった。

「侍さんが鼻緒職人ね、聞いたこともねえな」

長年職人仕事をしてきたと思しき老人が応じた。

「だれからも訝しがられる。それがし、次男坊でな、いつかは屋敷を出なければならぬ身であったのだ」

「わっしは長年大工仕事をしてきたが、侍が大工になったという話も聞いたことはねえ」

「で、ござろうな。それがし、幼少のころから大工仕事を見ているのが大好きでな。弥兵衛どのの手さばきを見ていて、何日も通って弟子にしてくれと願ったのだ」

「妙なお人だね。弥兵衛さんは病にかかっていなさるってね、おまえさんがいるのはあの一家にとっては心強かろう」

ふたりは四方山話をしながら長湯をして、脱衣場に上がると、番台の女衆が、

「お侍さん、着換えが届いているわよ」

「だれかの間違いではないかな、それがし、こちらは初めてだぞ」

「因速寺にいる鼻緒屋の佳乃さんが湯にきて、お侍さんのことを話すと寺にとって返して着換えを持ってきてくれたの」

「なに、師匠もこちらの湯屋に世話になっておるか」

「だって寺から一番近い湯屋はうちですもの。お侍さん、幸せ者ね。きれいな女師匠の弟子なんて」

「それが出来の悪い弟子でな、面倒ばかりかけておる。それにしても着換えが届いておるとは助かった。火事以来、着換えをした覚えがないでな」

宮田屋の焼け残った井戸場で体に水を被った程度で何日も過ごしてきた。照降町に残った男衆はおよそ湯に入った者などだれひとりいなかった。

「呆れた、今朝二番手の客が火事以来の汚れた体なんて」

「かけ湯を使い、よう体を洗って湯船に浸かったでな、湯を汚してないと思うがのう」

「あんまり汚いと佳乃さんに嫌われるわよ」

「それはいかんな。床屋にも行ったほうがよいか」

「床屋ならばまだ開いてないわよ。寺の門前に小梅床があるわ」

と床屋まで教えてくれた。

どこで調えたか、下着一切に古着ながら手入れのされた小袖が脱衣場にあり、汚れものは佳乃が寺に持って帰ったと番台の女に聞かされた。

湯屋から因速寺の納屋に行くと、八重が弥兵衛に重湯を飲ませようとしていたが弥兵衛は首を弱々しく振って拒んだ。佳乃は、未だ湯屋にいるのか、気配がなかった。

「師匠、少しでも口にしませぬか」

力のない眼差しを周五郎に向けた弥兵衛だが、なにも言わなかった。

「困ったのう」

と呟いた周五郎に、

「周五郎さんたら、えらく朝早くから寺に姿を見せたね」

と八重が話を変えて聞いた。

「それがし、もはや照降町にいてもなすべき仕事がないでな、昨晩は荒布橋に舫った猪牙で横になった」

と八重には虚言を弄した。

「えっ、船に寝たって、だったらうちに来るがいいじゃないか。船よりは足を伸ばして眠れるよ」

八重が応じるところに佳乃が湯屋から戻ってきた。

「師匠、弟子の着換えまで湯屋に届けてもらい恐縮至極でござる。ようそれがしの着るようなものがござったな」

「永代寺の門前に古着屋があったの。お父つぁんの寝間着の替えやおっ母さんの着換えを買ったついでよ」

と言った佳乃が周五郎の着流し姿を見て、

「刀を差していなければ職人の風体ね」

「ほう、形が腕前より職人に近づいたか。ともあれ、礼を申す。古着のお代じゃが、預けてある金子からとってくれぬか」

「それくらい大したことはないわ」

と言った佳乃が、

「昨夜、宮田屋の別邸に泊まったの」

「佳乃、それが荒布橋で猪牙舟に寝たんだってよ」

と周五郎が返事をする前に八重が答えた。

「えっ、船に泊まったの」

と応じた佳乃がしばし沈黙したが、それ以上問い質すことはしなかった。

弥兵衛の寝床の傍らで三人は朝餉を黙々と食した。八重と佳乃が膳を勝手に下げ、佳乃だけが茶を淹れて戻ってきた。

「師匠、吉原にはいつ参られるな」

「大番頭さんからなにか話はあったかしら」

「昨夜は大番頭どのと顔を合わせておらぬ」

「またなにかあったのね」

うむ、と返事をした周五郎は、大塚南峰から聞いた話を佳乃に告げた。

「南峰先生が見た葭町の強請の男と剣術家が宮田屋さんになにか企んでいるというの」

葭町とは里名で、親仁橋の東側の界隈をこう呼んだ。

「佳乃どの、そなたの胸に留めてくれぬか」

「えっ、なんのこと」

「それがしが焼失を免れた宮田屋の蔵に寝泊まりしていたことだ。泊まらねばならぬ曰くがあったのだ。宮田屋が再興を果たすための金子や大事な書付をそれがしが守っていたと思ってくれ。むろん源左衛門様、大番頭さんの命を受けてのことだ。そんな金子を、それがしと松蔵さんが二度にわけて深川入船町の別邸に移したのだが、そのことを葭町の男は察したのではないかと、南峰先生の話を聞いて感じたのだ。ひょっとしたら、それがしの思い込みかもしれぬがな」

「それで昨日は本当は別邸そばの船から見張っていたのね」

佳乃の推察に周五郎が頷いた。

「佳乃どの、なぜこれまで二度にわたり、宮田屋の蔵が襲われたのであろうか。あの界隈の内情を承知の者が解き放ちのなかにいて、宮田屋の内所が豊かなことを牢仲間に喋ったとしたら、そして、二度の押込みのしくじりをじっくりと見張っていたとしたら、どうなるな」

長いこと佳乃は沈思していたが、

「ようやく分ったわ。ここのところ周五郎さんの動きがなんとなく火事の前と違うと思っていたのよ。宮田屋に頼まれたら断れないわね」

「佳乃どの、野暮をいうようじゃが、それもこれも鼻緒屋のためになると思って引き受けたことだ」

「分ってる。いえ、今ようやく分ったの。ありがとう」

と応じた佳乃が、

「これから毎晩宮田屋の別邸の近くで船に泊まり込むつもりなの」

「これまで話したことはそれがしの推量じゃ、宮田屋の金子をこちらに移したのを除いてな。考え違いならばそれに越したことはない。じゃが、しばらくそれがしの好きにさせてくれぬか」

周五郎の言葉を吟味するように思案した佳乃が、

「葭町の仏具屋で強請を働いた男の名は分らないの」

「南峰先生はな、強請の男と、宮田屋別邸に向かう舟をじっと見ていた男は同じ人間と断言できる、と言われたが名前までは知らぬそうだ」

「周五郎さん、やはりひとりでこの話を抱えているのはよくないわ。玄冶店の親分に願って、その男が大火事の解き放ちの折に小伝馬町の牢屋敷に入っていたかどうか調べてもらうというのはどう」

「おお、気がつかなかった。そうだな、南峰先生の見立てが正しいならば、葭町と玄冶店は直ぐそばだ。準造親分が知らぬはずはあるまい。よし、それがし、これから照降町に戻り、玄冶店の親分を探して相談いたそう」

と言い残した周五郎が立ち上がると、それまで両眼を瞑っていた弥兵衛の眼がうすく開き、

「た、たのむ」

と周五郎に願った。


周五郎は、あれこれと考えたうえ、猪牙舟を南茅場町の大番屋の焼け跡に着けた。するとなんと焼け跡にはすでに頑丈な高塀に囲まれた大番屋の仮屋が完成し、柱だけの門前に六尺棒を手にした門番が立っていた。

「ちと伺いたいことがござる」

周五郎の問いに門番は訪問者の形を凝視した。

「それがし、怪しい者ではござらぬ。大火事前は対岸の照降町の鼻緒屋にて働いていたものでな、ただ今、玄冶店の準造親分を探しておる。こちらでは準造親分が、どこに仮宅を構えておられるか、ご存じないか」

と質すと、

「玄冶店と知り合いか」

と詰問してきた。すると敷地の中から当の親分が姿を見せて、

「おや、八頭司さん、どうしなすった」

と声をかけてきた。

「親分、こちらにおられたか、助かった。話を聞いてくれぬか」

「また面倒に巻き込まれましたか。とはいえ、八頭司さんの腕なれば、どのような者も相手になるまい」

と応じた準造親分が、

「大番屋は役人衆と解き放ちの囚人でごった返しておりましてな、立ち話で済みますかえ」

「そのほうが気は楽でござる」

ふたりは鎧ノ渡しを船が対岸の小網町に向かうのを見ながら向き合った。

「ようやく日本橋川の流れから骸を拾い終えて、回向院(えこういん)に運び込んだところでさ」

と言った準造親分が話を促すように周五郎を見た。

「親分、解き放ちの囚人はすべて戻ってきましたかな」

「いえ、五人ほど逃げっぱなしでね」

「その中に葭町辺りに住まいしていた男が含まれておりませんかな」

「なにっ」

玄冶店の親分の眼付が、きっと険しくなって周五郎を凝視した。

「八頭司さんはこの間から二度にわたり、解き放ちの囚人を捕らえてくれましたな。その二組と関わりがある話ですかえ」

「その辺りが判然とせぬのだ」

「承知のことをすべて話しなせえ。悪いようにはしねえ心算だ」

首肯した周五郎が大塚南峰から聞いた話を推量を交えて告げた。

話が終わったとき準造は、

「寒露(かんろ)の冬之助(とうのすけ)を川向こうで見かけられましたか」

「いや。葭町界隈に住むその者は、寒露の冬之助という名ですか」

「寒露なんて粋な二つ名で呼ばれてますが、強請たかりなんでもござれ、仏具屋の山城屋も買い求めた線香の香りがよくないてんで、五両を強請り取られています。その一件でわっしが捕まえ、あやつに余罪があるとみて取り調べの最中に、大火事の解き放ちになったんですよ」

「寒露の冬之助は照降町界隈に詳しゅうござるか」

「あやつは、七、八年前まで傘屋の伊右衛門方にしばらく奉公していましたがね、店の金子をちょろまかして店を追い出されました。ですがね、平然としたものでシマから葭町辺りの店に出入りして、小銭稼ぎをして生きてきた野郎です。無鉄砲で、小知恵が利く。宮田屋の内情を噂などで承知していたとしても、不思議はありませんな」

「親分、宮田屋がこれまで二度にわたり、押込み強盗に襲われたのは、宮田屋の隠し財産を深川入船町の別邸に移させるための誰かの算段だったとは考えられぬか。別邸に避難するのは主一家に女衆でしょう。そこの方が襲いやすい」

との周五郎の推測を聞いた玄冶店の準造親分がしばし間をおいて、

「その程度の知恵は寒露の冬之助ならば持っていましょうな」

と言い切った。

「八頭司さん、あやつね、南峰先生が遠目に感じた『ただ者ではない』というのはあたっていますよ。わっしは仏具屋の一件があったときから、あやつは殺しのひとつやふたつしでかしておると見ましたがね、なにしろ証がねえ。こんどばかりはなんとしても獄門台に送りたい」

「それがし、どうすればよいな」

「そうそう、あやつは無鉄砲な一方で、えらく慎重というか油断がならないやつでしてな。まず当分、あやつに狙われていることを宮田屋の当主や大番頭の松蔵さんに話さず内緒にしていたほうがいい。八頭司さんが屋根船に寝るのも止めだ。あやつに分らぬような見張所を設けます、夜分は八頭司さんにそちらに詰めてもらいます」

と言った。

「今晩にも見張所は設えられるかな」

「今晩じゅうにはかなりきついな、といって同じ屋根船に寝泊まりすると、冬之助に気取られます。なんぞ工夫がいりますな」

と言った準造親分が、

「夕方まで八頭司さんはどちらにおられますな」

「照降町で過ごしてはならぬか」

「八頭司さんがこちらにいると寒露の冬之助に思わせているほうがいいかもしれませんな」

と親分が承知し、

「今晩の見張所が決まったら、照降町に報せますぜ。当分、鼻緒屋の女主と鼻緒を挿げる仕事はできませんな」

「ならば、宮田屋の普請場にこれから参ろう。南峰先生の仮診療所の出来具合を知りたいゆえな」

「えっ、照降町に南峰先生の診療所ができますか」

準造にその経緯を説明すると、

「それはいいことを聞きました」

と安堵した表情で頷いた。

二

周五郎は昼間照降町で普請作業の下働きをして夕餉を済ませると、猪牙舟に乗って深川入船町の対岸、永代寺の抱地に設けられた見張所に通う暮らしを始めた。

そんな日々がすでに四日ほど続いていた。

見張所は元来三十三間堂の道具を入れておく建物だ。火事で避難してきた者が一時借り受けていたが道具がありすぎて狭いというので、ただ今は別の家に移ったとか。

そんな見張所に夜の間詰める周五郎の他に、玄冶店の準造親分や手下たちが交代で日夜ひっそりと対岸の宮田屋の別邸を見張っていた。

周五郎は、三十三間堂側にある深川入船町の飛地と材木置場を結ぶ汐見橋の下に猪牙舟を舫っていた。

夜明け前にその舟に乗って三十三間堂や富岡八幡宮や永代寺の北側を東西に抜ける堀を伝い、黒江町に向かった。つまり見張所にくるときは富岡八幡宮の門前の堀を使い、帰りは北側の堀をと、水路を違えていた。むろん少しでも寒露の冬之助に悟られまいとしてのことだ。

黒江町に立ち寄る前に六兵衛湯に行き、一番風呂を使って体をさっぱりとさせて、因速寺の鼻緒屋の仮宅の納屋に立ち寄り、朝餉を済ませると昼の刻限まで仮眠をとった。佳乃が仕事をする傍らで普段履きの男物の下駄の鼻緒を挿げながら、夕暮れまで時を過ごすこともあった。

その間にも弥兵衛はどんどんと衰えていくのが分った。

夏の暑さが病の弥兵衛を痛めつけていた。

だが、八重・佳乃親子と周五郎の三人がそのことを口にすることはなかった。

そんな一日、昼過ぎから松蔵と佳乃は吉原へ、雁木楼の梅花に会いに行った。

元々周五郎がふたりを猪牙舟で送っていく約束だったが、弥兵衛になにがあってもすぐ動けるように、周五郎は因速寺の仮宅に残ることにしたいと、吉原に同行しない旨を松蔵に告げていた。

佳乃が鼻緒を挿げた下り物の草履や下駄は、遊女衆が競って買ってくれた。雁木楼の梅花も二足購(あがな)ってくれた。

この時代、吉原には太夫(たゆう)とか格子(こうし)と呼ばれる最高級の女郎はなくなり、花魁と呼ばれる遊女に変わった。その遊女も上から、呼出(よびだし)、昼三(ちゅうさん)、附廻(つけまわし)、座敷持(ざしきもち)と格が分かれ、梅花は、妹分の新造(しんぞう)や禿(かむろ)や男衆を引き連れて道中をしながら引手茶屋まで上客を迎えにいく花魁道中の主役であり、

「呼出」

と呼ばれる文政期の吉原の最高級の遊女であった。

持参した下駄や草履をすべて売り尽くしたあと、佳乃と松蔵は梅花の座敷に呼ばれた。

「佳乃さん、お父つぁんの病はどうです」

とだれから聞いたか、梅花は弥兵衛の病を承知していて案じてくれた。

「花魁はうちのお父つぁんのことを承知ですか」

「佳乃さん、あなたが一人前になる前には弥兵衛さんの挿げる鼻緒の世話になったのよ」

梅花は江戸生まれか、ふたりの前で廓言葉(くるわ)を口にしなかった。

「親子で花魁にお世話になりますか。ありがとうございます」

佳乃は話柄を変えようとした。だが、梅花は弥兵衛の病に拘(こだわ)った。

「花魁、お父つぁんは今日、明日に身罷っても不思議ではございません。お医師の余命の言い渡しをこえて頑張ってきましたが、もはや」

と佳乃が正直に告げた。

「そうだったの、弥兵衛さんはそんなに悪いの。ならば一日も早く佳乃さんに無理を聞いてほしかった」

「花魁、佳乃さんに格別な花緒の注文ですか。なんなりと申し付け下され」

と松蔵が佳乃に代わって返事をした。

「そう容易い注文ではないわ」

「どういうことでございましょう」

「佳乃さんは女ものの履物をがらりと変えたわ」

「はい、佳乃さんの見立てで草履や下駄に鼻緒が挿げられると男職人の挿げた履物とはまるで違った趣きになりましたからな」

「大番頭さん、佳乃さんにわたしの足元を変えてほしいの」

「どういうことでございましょうな、花魁」

松蔵は梅花の注文が理解できないでいた。漠然とだが、佳乃も梅花の注文がただごとではないと思った。

「佳乃さん、花魁道中を見たことがあるわね」

「過日、お邪魔した折にちらりとですが拝見させてもらいました」

「花魁の足元を見たかしら」

「はい。黒塗り畳付の下駄で高さは、五、六寸はございましたか」

花魁道中の主役を張る花魁は、全盛を誇るために足元の下駄を供の新造らより高くして外八文字という独特の歩き方で歩いた。この習わしは京の島原から旧吉原、新吉原と伝わってきたものだ。ただし上方では内八文字、吉原では外八文字と歩き方が異なっていた。

「わたしは素足で五尺三寸五分、佳乃さんとほぼ同じ背丈ね」

江戸期、女の五尺三寸五分は高いほうだ。

「この廓の中でも背は高いほうよ」

という梅花に、

「低い黒塗り畳付の下駄に変えられますか」

と松蔵が応じて、佳乃が顔を横に振った。

「どういうことかな、佳乃さん」

「大番頭さん、梅花花魁の注文はさようなことではありますまい」

「ほう、となると注文が分りませんな」

「佳乃さん、そなたはどうわちきの注文を推量されましたえ」

と廓口調に変えた梅花がさらに佳乃に問うた。

佳乃は長い間をおいて言い出した。

「花魁、わたしは鼻緒屋にございます。花魁が履く下駄を造るなどできません」

という言葉を聞いた梅花が嫣然と微笑み、

「佳乃さん、下駄は宮田屋と付き合いのある下駄屋に造らせればよいのです。でもね、男職人が手掛けた履物は、いかようにしてもこれまでどおりの武骨なものに仕上がりましょう。佳乃さんがいくら鼻緒を工夫したところで、これまでの下駄といっしょです。その辺りを女職人佳乃さんが下駄職人に注文をつけて造らせてほしいのです」

と言った。

黙ったまま佳乃が松蔵を見た。松蔵は、

「花魁、下駄職人は矜持をもって花魁の下駄を造っておりましてな、これまでのやり方やらかたちを変えることに異を唱えましょうな。まして女鼻緒職人の注文を聞くなど難しゅうございますよ」

と反対した。

「大番頭さん、そこをなんとか説き伏せるのが下り物の履物屋、宮田屋の大番頭さんの腕ではありませんか。わたしは、他の花魁が真似したくなるような花魁道中の下駄が造りたいのです、梅花下駄と呼ばれるような履物を、佳乃さんがすべてを手掛けた履物を履いて仲之町を歩いてみたいのです」

と梅花が言い、

「運がよいことにこたびの火事は吉原に被害はありませんでした。火事に見舞われた江戸の人を元気づける下駄が欲しいのです。佳乃さん、大番頭さん」

「ううっ」

と松蔵が唸った。

梅花はこれまでの花魁の印象を変える下駄を佳乃に創意させせろと言っていた。何代も下駄職人と関わりがある宮田屋とはいえ、決して容易な注文ではなかった。

「わたしの三枚歯は江戸の職人の手になるものですね」

梅花のいう三枚歯とは花魁道中で花魁のみが履くことを許された黒塗り畳付の三枚歯下駄のことだ。高さ、五、六寸の三枚歯は江戸の職人が拵えた。

「いかにもさようです」

「宮田屋に出入りの下駄職人で女親方佳乃さんの言葉に耳を傾ける者はいませんか」

と梅花が松蔵に迫った。

「たしかに花魁が言われるように黒塗り畳付三枚歯下駄は下りものでなく江戸の下駄職人の手になるものです。花魁は、三枚歯を工夫させせろといっておられますか」

と松蔵が念押しした。すると梅花が首肯したので松蔵は、注文が考え抜かれていて反論のしようがないと覚悟した。そこで佳乃に話を振った。

「どうです、佳乃さん」

佳乃も慎重に沈思していた。

長い沈黙があった。

梅花も松蔵もなにも言わなかった。

「花魁、わたしのことを買い被っておられませんか」

「佳乃さん、この廓に何千人の遊女がおるか承知でしょうね、その頂に立つには、ひと一倍の見識が要ります。人を見る目も育てられます、わたしにはその自負がございます。佳乃さん、そなたが十四、五くらいまでに廓に入っていれば、わたしといっしょの呼出花魁になったでしょう。わたしと佳乃さんは同類です、どんなところでも頂点に立つ女です」

と言い切った。

しばらく迷った末に佳乃は願った。

「花魁の黒塗り畳付の三枚歯下駄を見せてもらえませんか」

いいでしょう、と応じた梅花が禿に命じた。

座敷に運んできたのは男衆だった。

油紙の上に置かれた下駄を佳乃はじっくりと観察し、手にして重さを感じとった。だが、下駄について一言も感想を述べなかったし、梅花も尋ねようとはしなかった。

梅花は黙って佳乃から下駄を受け取ると、廊下に出て下駄を履いた。

男衆が梅花の左手にすっと立ち、差し出した肩に左手を置いた花魁がゆったりと下駄の先を内側に向けて傾け、外側に開いて軽やかに進み始めた。その動きを幾たびも繰り返し、

「外八文字と呼ぶ歩き方です、吉原では引手茶屋に向かう折にこの歩き方で進みます」

佳乃は、じいっと梅花の足の動かし方と下駄の傾きを見ていた。

「佳乃さん、やってご覧なされ」

梅花の命に佳乃は黙って従った。それほど梅花が熟慮した上で佳乃に願っていることが分ったからだ。

佳乃は五寸余の高さの下駄を履いただけで見る浮世が違うことにまず戸惑った。

そこには新しい世界が広がっていた。ゆっくりと梅花の外八文字を真似た。足の動かし方には熟練がいることが分った。

「大番頭さん、わたしが言いましたね。この佳乃さんは吉原に入れば売れっ子の花魁になると」

二度三度と外八文字を歩くうちに佳乃はだんだんと慣れて、梅花の注文に理解がついた。

下駄を脱いだ佳乃は廊下に座して、

「花魁、時を貸してください」

と願った。

「長くは待てませんよ」

「二日、いえ、今夜ひと晩考えさせてください」

「いいでしょう。この下駄、好きなように使ってかまいません。答えが出るまで佳乃さんにお貸しします」

と梅花がようやく頷いた。

帰り舟の中で佳乃と松蔵は黙り込んでお互い考えにふけっていた。やがて松蔵深川の富岡八幡宮の門前の船宿の猪牙舟だ。船頭は年寄りだった。

そのうえ、大川の上流から江戸の内海に向かって風が吹いていた。ふたりの問答が聞かれる危惧はなかった。

「佳乃さん、私の一存ではなにも言えませんな」

松蔵が言外に主の源左衛門に尋ねると言った。

「大番頭さんのお立場ならば当然でしょう」

「ならば舟を入船町の別邸に着けてようございますな」

松蔵の問いに佳乃は頷いた。

「佳乃さんや、旦那様がダメだと申されたら従われますかな」

「鼻緒屋の職人風情が差し出がましいと申されましょうか、旦那様は」

「なんとも返答ができませんな。ただ」

と言ったところで松蔵が佳乃の顔を見た。

「梅花花魁の話を聞いたときから、佳乃さんの腹は固まっていたのではありませんかな。ふとそんな気がしました」

という松蔵に佳乃は顔を横に振って否定した。

「そうか、そうですかな」

と松蔵は訝し気な顔を見せた。

深川入船町の宮田屋の別邸の船着場に猪牙舟がつけられ、松蔵と佳乃が降りるのを永代寺の抱地の見張所から玄冶店の準造親分らが気配を消して眺めていた。

猪牙舟は船着場に止められ、老船頭が腰の煙草入れを抜くと煙管に刻みを詰め始めた。見張所では、準造の子分たちが、

「親分、宮田屋の大番頭といっしょだが、鼻緒屋の女職人は宮田屋の主に用かね」

「佳乃さんの鼻緒挿げの技量は親父の弥兵衛を抜いたと宮田屋では見ているからな、なんぞ注文かね」

などと言い合って、佳乃と松蔵のふたりが柿葺きの門を潜るのを見ていた。

「うむ」

と準造が応じて、

「ときにあの荷船、最前大川河口の方向に行ったやつじゃねえか」

「親分、たしかに似ているな。だが、この界隈は材木屋があるからさ、荷船なんていくらもいるぜ」

と子分の戌松が首を捻り、

「そうかね」

と準造が訝しさを残して答えたころ、松蔵と佳乃は別邸の奥座敷で源左衛門と面談していた。話を聞いた源左衛門が、

「なんと、えらい注文がつきましたな」

と呟き、腕組みすると沈思し、

「面白い話です」

と口を開いたとき、こう感想を述べた。

「旦那様、面白いより面倒な話ではありませんか」

「確かに面倒な話です。けどな、大番頭さん、火事ですべてを失った江戸の町ゆえ、新たな話が出てきてもよいのかもしれません」

「旦那様、お受けになると申されますか」

「いけませぬかな。これくらいのことが出来んで、宮田屋の再興はありませんぞ。それに」

と源左衛門が佳乃を見た。

「佳乃さん、あんたはもはや胸のなかに答えを持っておりますな」

「はい」

佳乃の返答は短くも明確だった。

「大番頭さん、下駄職人はな、頑迷な年寄りではいけませんな。佳乃さんを男にしたような、若くてな、柔らかい考えの持ち主がいい。思い当たる職人はおりませんかな」

「佳乃さんを男にしたような、若い職人ですか」

と思案していた松蔵が、

「ひとり思い当たりました。ですが、佳乃さんのいうことを聞きましょうかな」

と首を捻った。

佳乃はこのことについてなにも言わなかった。

「うん、と言わせなされ」

と源左衛門が大番頭に命じた。

「旦那様、大番頭さん、この梅花花魁の下駄、わたしが預かってようございましょうか」

「花魁が佳乃さんに好きに使えというたんでしょう。ならばあなたの預かりものです」

と源左衛門が言った。

松蔵と佳乃は再び猪牙舟に乗り込み、まず舟は黒江町の因速寺に向けられた。

その後で松蔵は心当たりの若い下駄職人に会いに行くのだと佳乃は思った。

寺の納屋に下駄を持って帰った佳乃に、

「どうだったえ、吉原は」

と八重が尋ねた。

すでに周五郎の姿はなかった。

佳乃は黙って両親に下駄を見せた。

「なんだい、この妙な高下駄は」

という声に両眼を瞑っていた弥兵衛が眼をうすく開いて、目顔で佳乃に問うた。

佳乃が弥兵衛の傍らに座し、下駄を見せながら、事情を説明した。

弥兵衛は黙ってその下駄を見ていたが、八重は、

「うちは鼻緒屋だよ、下駄屋じゃないよ。梅花とかいう花魁は勘違いも甚だしいね」

と文句をつけた。

「そうじゃないの」

と帰り舟での松蔵との問答や入船町での宮田屋源左衛門の言葉を言い添えたが、八重は、

「えっ、宮田屋の旦那まで佳乃に下駄屋の職人の真似事をさせようというのかねえ」

と怪訝な表情をした。

佳乃は無言の弥兵衛の顔を見ていた。

細く開けられた弥兵衛の瞼から涙が零れてきた。

「ほれ、お父つぁんは怒っているよ」

「おっ母さん、勘違いしないで。お父つぁんは客の花魁からこれほど信用されたことを喜んでいるのよ。でしょう、お父つぁん」

と佳乃がいうと、弥兵衛はわずかに顎を動かして佳乃の言葉を肯定した。

「ふーん、うちが下駄屋になるのかね。佳乃が下駄を造れるのかね」

と八重は未だ理解がつかない風に繰り返した。

佳乃は、梅花の頼みを聞いた弥兵衛が涙を流したのを見て、最後になってようやく、

「親孝行」

らしいことが出来たと胸が熱くなった。

三

周五郎は宮田屋の別邸の柿葺きの門を見張所から眺めていた。すでに日が暮れて河岸道にある常夜灯の灯りにぼんやりと門が見えていた。

「玄冶店の親分、それがしの思い違いであろうか。親分方を深川にくぎ付けにしてしまった。大火事のあとの江戸じゃ、あちらではいくらでも親分の御用があるというのにな」

周五郎はいささか自信を無くしていた。

「八頭司さん、おまえさんの勘は間違ってねえ。ここでな、寒露の冬之助をとっ捕まえねえと、牢屋敷から解き放ちになった囚人のうち、おれが一番厄介と考える野郎を生涯取り逃がすことになる」

準造親分が首を振りながら、周五郎の弱気の言葉に抗った。

「親分の考えがあたってほしいものじゃ」

「野郎が宮田屋に眼をつけたのは、なかなかのものだな。だが、野郎、照降町の鼻緒屋を甘くみてやがる」

「佳乃どののことかな、親分」

「佳乃さんはよ、弥兵衛さんの世話と宮田屋の仕事で手いっぱいだ、となると鼻緒屋におめえさんの他に職人はいたか」

「半端職人のそれがしだけだな」

「その半端職人が怖いってことをよ、あやつは見くびってやがる」

と言い切った準造親分が、

「弥兵衛さんはどうかね」

「大師匠の容態はいつなにがあっても不思議ではない。弥兵衛どのはもはや死を覚悟していなさる。無理に生きようとしていないせいで却って、なんとか命を持ちこたえているようじゃ。明日には大塚南峰先生を因速寺にお連れしようと思う。そのためにも今晩ケリをつけておきたいがのう」

と周五郎が呟き、

(吉原の花魁の御用はなんであったろう)

佳乃が松蔵とともに吉原に出かけたことを思い出していた。

「それにしてもさ、三年も三郎次なんぞというクズに騙されて江戸を離れていた佳乃さんがさ、鼻緒挿げの腕を上げて戻ってきたというのはどういうことかね、おりゃ、そのことが不思議なんだよ」

と準造が周五郎に尋ねた。

「はて、どうしてかのう。それがしのような部屋住みの侍くずれには見当もつかぬことだな、親分」

「いや、おめえさんはそれなりの答えを胸のなかにもっていなさる。違うかえ」

「それほど鼻緒屋一家に信頼されているわけもなかろう」

「こたびの大火事に際しておめえさんと佳乃さんが照降町にいたのは、シマにとってええれえ運がいいことだったよ」

と準造が言い切った。

「親分」

と子分の戌松が堀を顎で指した。

周五郎と準造がそちらを見ると荷船が一艘宮田屋の船着場を通り過ぎようとしていた。

「あの荷船、わっしらは今日だけでもしばしば見ていますぜ」

「寒露の冬之助の関わりの荷船か」

「あの船の行く手には木場があらあ。材木問屋の荷船ということも考えられるがな、船頭は結構手慣れているな」

と準造親分が答えた。

「じゃが怪しげではあるな」

「四ツを過ぎてあの荷船が宮田屋の船着場に着けるならば間違いねえ」

「となると一刻半は余裕がありそうな。それがし、しばし仮眠をさせてもらおう」

と断ると雑多な道具が積まれた間にどてらをかけて横たわり、周五郎は眠りに就いた。

どれほど眠ったか。

肩に手がかけられ、準造が、

「あの荷船、やってきましたぜ」

と囁いた。

「何刻かな」

「九ツ過ぎでさあ」

「なに、二刻半も眠っておったか」

「鼾(いびき)をかいてね、よう寝ておられた。火事以来、まともに寝ておられませんからね」

周五郎は有明行灯の灯りを頼りに見張所の二階から宮田屋の船着場を覗いた。船頭が艫(とも)に立っているだけで空の荷船には人影がないように思えた。だが、周五郎は一見船頭以外人の姿のない荷船に緊張が漂っているのを感じた。

「親分、それがし、橋下の猪牙に下りよう」

「わっしもいきますぜ」

と言った準造が、

「手はずどおりに動け、何人いようとひとりとして逃すんじゃねえ」

と小声で戌松ら三人の子分たちに命じた。

「合点だ」

と戌松らが十手を手にした。

「八頭司さんの猪牙が向こう岸に突っ込んだら、てめえらも駆けつけてきな」

玄冶店の親分はもう一艘猪牙舟を材木置場の船着場に舫っていた。

「親分、参ろう」

周五郎は見張所の二階から降りて一階の土間に飛び、用意していた木刀を摑み、汐見橋の橋下に足音を消して走った。

準造親分がひたひたと従ってきた。

荷船の船底にへばりついていた四人が宮田屋の船着場から石段を駆け上がっていき、その先頭に着流しの細身で俊敏な男がいるのが常夜灯の灯りで見えた。

「八頭司さん、あやつが寒露の冬之助ですぜ。野郎、やはり江戸を離れる前に荒稼ぎをしてのけるつもりだ」

準造の声を聞きながら舫いを解いた周五郎は、竿をついて猪牙舟を堀へと出した。

汐見橋の橋板を踏む足音がした。戌松らが材木置場の猪牙舟に走る音だろう。気配もなく一気に荷船に猪牙を寄せた周五郎が無言で準造に竿を渡すと、荷船に飛び乗り、艫に走った。

「うむ」

という感じで船頭が周五郎を見た。

その瞬間には、周五郎の手にした木刀の先が鳩尾に突っ込まれていた。

うっ
と呻いた船頭が前のめりに崩れ落ちてきた。それを見ながら周五郎は船着場から石段を駆け上がった。

柿葺きの門前に寒露の冬之助ら三人の人影があった。四人目は天水桶を利用して宮田屋の敷地に飛び降り、門を内側から開けるつもりか、すでにその姿はなかった。あるいは裏口に回ったか。

周五郎は足を止めた。そこへ十手を手にした玄冶店の準造親分が追い付いてきて、

「寒露の冬之助、年貢の納め時だ」

と冷めたような低声で告げた。

きっ、と振り返った冬之助が、

「玄冶店か、しつこいぜ。おめえこそ、年貢の納め時だ」

と応じると懐に片手を突っ込み、

「先生方、こやつがよ、おれを牢屋敷にぶち込んだ玄冶店の準造って十手持ちだ。叩き殺しても、おりゃ、文句はいわねえよ。なあに、ひとりふたり余計に斬り殺したって、江戸におさらばするおれたちだ、大した違いはあるめえ」

と傍らの剣術家くずれに命じた。

「寒露の、承知した」

長身の浪人が刀の柄に手をかけた。が、そのままの構えで動きを止めた。その代わりにもうひとりの痩身が先に刀を抜いた。そのふたりの連携の動きから幾たびも修羅場を生き抜いてきた、それなりの遣い手だと周五郎は察した。

周五郎は背中に差し込んだ同田貫の柄を右の背に倒して鯉口を切った。だが、河岸道の常夜灯の灯りではふたりには周五郎がただ木刀を手にした者としか見えなかったろう。

「親分、そなたは寒露の冬之助ひとりにあたってもらおう」

と準造に願った周五郎は、

「そなたらの相手はそれがしが致す」

木刀を構えながらふたりの剣術家くずれに宣告した。

傍らで準造親分が長十手を構えなおし、冬之助が懐の匕首を抜いたのを周五郎は横目で見た。

「そのほう、何者か」

未だ刀の鞘元に左手を置いた、背丈が周五郎より一、二寸は高い剣術家が質した。

この者、居合術を使うと周五郎は見た。技量も痩身の者より上なら修羅場を潜った数も多いと見た。

「それがしは、そなたらが押し込もうとする宮田屋と同じ照降町の鼻緒屋の奉公人でな、八頭司周五郎と申す」

周五郎が平静な声音で告げた。

「ああー」

寒露の冬之助が驚きの声を漏らした。

「寺久保(てらくぼ)先生よ、こやつですぜ。おめえさん方の仲間をお縄にした野郎はよ」

「なに、鼻緒屋の奉公人だと、ふざけおって」

「そなた、牢屋敷からの解き放ちの囚人かな。それとも冬之助とは押込みを誘われただけの間柄かな」

「林崎夢想流(はやしざきむそう)一文字一派の寺久保弐左衛門(にざえもん)、未だ牢屋敷などに入ったことはなし。さりながら、それがしの仲間佐々常次郎が小伝馬町に入っておって、冬之助と知り合いであった。そんな間柄だ」

「ほう、仇を討ちたいのならば受けようか」

周五郎と寺久保の問答の間にじりじりと冬之助との間合いを詰めた準造親分が、

「冬之助、何年か前に殊勝面して照降町で職人修業をしていた折に、宮田屋の内所を知ったか」

「下り物の草履や下駄が何分もするなんて、深川の裏店育ちは夢にも思わなかったぜ。鼻緒屋のどさんぴんが照降町の蔵からこっちに猪牙で運び込んだ菰包みが千両箱と見た。千両箱を二つ三つ頂戴して江戸とおさらばよ、京辺りで遊び三昧だ」

「玄冶店の準造が知ったからには妙な真似はさせねえ、冬之助」

準造が言葉を吐いたあと、寒露の冬之助が気配もなく匕首を腰だめにして構えた。その動きを察しながら、周五郎もまた痩身の剣術家が木刀を手にした周五郎との間合いを詰めるのを見た。

二組の戦いの動きを見た寺久保がなんと、
すっ
とその場を離れて、深川入船町の闇に溶け込んでいく。だが、周五郎も準造もその場から逃げようとする寺久保をどうすることもできなかった。互いに目前の相手との戦いに専念するしかなかった。

宮田屋の別邸の敷地のなかで騒ぎが起こった。

柿葺きの門を開けようと天水桶を足場にして乗り越えた冬之助の仲間のひとり

を準造の子分の戌松らが捕まえようとしているのか。しかし、そのあと別邸は森閑として声ひとつしなかった。

冬之助が匕首と身をひとつにして準造親分に襲い掛かった。準造がそれを棒身の長さが一尺四寸と長い捕物十手で払い、匕首と十手が絡みあってぶつかる音が響いた。

一方、周五郎のほうは、未だ名を名乗らない痩身の男が突きの構えで大胆不敵に喉元を襲うぎりぎりまで間合いを見て、木刀で刀を払った。それが木刀と刀のやり取りの始まりだった。

周五郎には殺す心算などなかった。木刀で叩きのめして捕らえる考えだった。一方、相手は死にもの狂い、周五郎の動きを止めるというより殺す覚悟で刀を振るっていた。

その気持ちの差が戦いを長引かせていた。

相手の刀の切っ先が木刀を削り、周五郎のわき腹や腕を掠め斬った。

「野郎、死にやがれ」

と必死の冬之助の声が夜空に響き、準造の長十手の先が匕首を持つ手首を叩いたか、悲鳴が上がり、次の瞬間、

「寒露の冬之助、十手を食らえ」

との喚き声が深川入船町の河岸道に響き渡った。

冬之助が前のめりに崩れ落ちるのを感じながら、周五郎は自分の相手の剣さばきを持て余していた。

「八頭司さんよ、遠慮することはねえ。そやつ、間違いなく人のひとりやふたりは殺していやがる。この場で殴り殺したってかまわないぜ」

と弾む息の下で告げる準造の声に周五郎の相手が一瞬怯(ひる)んだ。

その間に周五郎は気持ちを立て直した。とはいえ、木刀を刀に替える余裕はなかった。

「お互いどちらかが死ぬさだめじゃ、覚悟して参れ」

と周五郎が告げると、相手は刀を構え直し、

「獄門台は覚悟の私市庄之助(きさいちしょうのすけ)だ」

と言い放って、正眼に変えて間を詰めてきた。

周五郎は神伝八頭司流の上段の構えに木刀を移した。

寸毫(すんごう)の間、睨み合ったのち、私市が一気に踏み込んできた。

周五郎に剣術の基を教えた父は、

「決死の戦いは、一撃にすべてをかけた者が生き残る。甘い考えの者に勝ちはない。このことを忘れるな」

と繰り返し告げた。

その言葉を思い出しつつ、木刀を長身の頭上に構えた周五郎は不動の姿勢で待った。相手の正眼の切っ先が額を襲いくる恐怖を感じながら待った、耐えた。刀の切っ先が額に落ちる直前、周五郎の上段からの一撃が雪崩れるように動き、一瞬早く痩身の肩口にめり込んでいた。だが、周五郎は最後の最後で手加減していた。それでも、

がくん

と私市の両の膝がくの字に曲がり、崩れ落ちた。

「ふうっ」

と吐息をついたのは玄冶店の親分だ。

周五郎は寒露の冬之助の傍らの地べたに私市が倒れ込んだ姿を見ながら、

「難敵をとり逃がしたな」

と準造に話しかけた。

「八頭司さん、そうでもなさそうだ」

準造の視線の先に逃げたはずの寺久保弐左衛門の長身の人影があった。

「逃げたのではないのか」

「そのほうの挙動を見てな、いったんそう思ったがな、鼻緒屋の奉公人の腕前を見て逃げたとあっては、林崎夢想流の名が廃る。私市の仇もある、おぬしを斃す」

と寺久保が言い放ち、

「そなた、刀は持っておらぬのか」

と問うた。

「持参しておる。そなたが居合というならば、それがしも父から習った抜刀術で相手しよう」

と応じた周五郎が寺久保に向き直った。

「ほう、背帯に刀を一本差しとは珍しいな、それも左利きの抜刀術か、面白い。それも父の伝授か」

「いや、部屋住みを止めた折、左利きのそれがしが考えた差し方だ。そなた同様に武士とは呼べぬ浪人者じゃ。後ろ帯に隠す程度に刀に未練を残しておる」

「よかろう、武士とは呼べぬ者同士で決着をつけようか」

ふたりは間合い一間半ほどで向き合った。

周五郎はどちらかの死で勝負が決着することを感じた。

寺久保は刀の鞘に左手をかけていたが、右手は未だ脇にだらりと垂らしていた。

「縛りあげるぜ」

と戌松の声が宮田屋の敷地の中から聞こえた。

周五郎と寺久保は互いに河岸道の常夜灯のかすかな灯りで見合っていた。

時がどれほど流れたか。

不意に柿葺きの門が開いて、

「親分、とっ捕まえたぜ」

という戌松の声がした。

その瞬間、間合いを詰めながら寺久保の右手が奔り、柄に手がかかると一気に抜きあげて周五郎の右脇腹を撫で斬った。と、玄冶店の準造親分には見えた。

だが、勝負の綾は違っていた。

右脇腹に突き出た、肥後の刀鍛冶が鍛えし同田貫、刃渡り二尺五寸余の大業物が一条の光に変じて、寺久保の左の肩口に襲いかかったのだ。

準造は、刃に載せられたかのように寺久保の長身の体が夜気を裂き、その場に沈み込み崩れ落ちて、五体がぴくぴくと死の痙攣に襲われているのを無言で凝視していた。

その場のだれもがしばらく言葉を発しなかった。

血ぶりして刀を鞘に収めた周五郎は、寺久保に向かって合掌した。

寺久保の朋輩にして、牢屋敷から解き放ちになった佐々常次郎は、ついに現われなかった。

四

ふたりの怪我人、私市庄之助と寒露の冬之助を載せた猪牙舟の櫓を漕ぎながら、周五郎は、手に残った死の感触を、

（忘れてはならぬ）

と肝に銘じていた。

寺久保を斃さなければ己が死んでいた。今や浪々の身分だが刀を携えている以上、生死の分かれ目に身を置くのは致し方なきことだと思った。そう考えながらも、寺久保の痙攣が、

ことり

と止まり、死の世界に旅立った瞬間、悔いの気持ちが周五郎を襲った。

その寺久保の亡骸と宮田屋の別邸に忍び込んで生けどりにされたふたりの賊は、玄冶店の準造の子分たちが南茅場町の仮大番屋に別の舟で運んでいた。

周五郎らは照降町に急ぎ猪牙舟を走らせていた。

ふたりの怪我人を見張る準造が、

「八頭司さんよ、おめえさん、相手を斬り殺したのは初めてのようだね」

と問い、周五郎が無言で頷いた。

「八頭司さんよ、何事も始まりはあるものよ。今晩は捕り物だ、それも尋常の立ち合いでもあった。だがな、八頭司さん、おめえさんの行く手には今後も今晩のような戦いがあるとみた。おめえさん、相手が悪党でも慣れちゃならねえ。そのことを覚えておいてくんな」

と年上の御用聞きが周五郎に懇々と言い聞かせた。

「親分の忠言、決してわすれはせぬ」

と周五郎が応じた。

照降町の宮田屋の跡地に建つ一番蔵前に丸腰のふたりをなんとか歩かせて連れ

ていき、

「大塚南峰先生、起きてくんな」

と準造が大声で蔵のなかに呼びかけた。

「だれだ、かような刻限」

「玄冶店の準造だよ、八頭司の旦那もいっしょだ。怪我人がふたりいるんだよ」

「なに、何刻か」

「八ツ時分かね」

「診療所で待て、直ぐに参る」

問答を聞いたか、見習医師の三浦彦太郎が眼を覚まし行灯に灯りを灯した。診療所の引戸が開けられ、周五郎らはふたりの怪我人を連れ込んだ。その怪我を見た彦太郎が、

「肩口の骨折と手首の骨折か」

と即断した。そこへ大塚南峰が筒袖の上着の紐を結びながら姿を見せて、

「玄冶店の親分は商売柄、夜分の仕事は格別のことではあるまい。じゃが、師範まで親分に付き合うとはどういうことだ」

と周五郎に質した。

「宮田屋の深川入船町の別邸が狙われたのです」

「ははあ、やはり例の菰包みが金子と見破ったのはわしだけではないか」

「まあ、そういうことです」

「宮田屋に怪我人はないな」

「何日も見張りをしていたのだ。屋敷にこやつらを入れる前に捕らえた」

と親分が南峰に経緯を手短に告げた。

「なに、剣術家崩れは師範に斬られて死んだか」

周五郎は首肯した。

「最初にそれがしが木刀でこの者の肩口を叩いたあとに、その仲間と真剣勝負に相なった。生きるか死ぬか、寸毫(すんごう)の差でそれがしが生き残った」

と周五郎が答えるところに寒露の冬之助が、

「酔いどれ医者よ、早く手当てをしねえ。玄冶店の野郎、長十手で手加減なしに叩きやがった。痛くてならねえ、痛み止めの薬はねえか」

と顔を伏せて右手を抱え喚いた。

「自業自得、手首の骨折も肩口の怪我もせいぜい動かぬようにするくらいしかできぬ。まあ、待て、じっくりと治療をしてやろう」

と南峰が言い、

「師範、そなたの役目は終わったろう。蔵の寝床で少し体を休めぬか。このふたりの治療が終わったら、朝早いうちに因速寺に弥兵衛さんの加減を診にいこうか」

と周五郎に言った。準造親分も、

「それがいい。ここんとこ、八頭司さんはまともに足を伸ばして寝てないからな」

と勧めた。

「よし、肩の骨の奴から診療台に腰かけて上体をさらせ」

と命じた南峰が、

「おい、玄治店の親分、こやつらの治療代はだれが出すのだ」

「治療代な、八頭司さんの力でこやつらを捕まえたんだ。なんとか奉行所から引き出すようにするが、あちらの出す治療代は安いぞ」

「知らぬわけではない。ならば適当に治療しておくか」

と聞いた冬之助が、

「おい、酔っぱらい医者よ、無駄口叩いてねえで、早く私市の旦那の治療をしねえ。おりゃ、痛くてたまらねえや」

「うるさい、冬之助、黙っておれ。治療代をそなたらが払うというならば、上の治療をしてやらぬでもない」

「懐が豊かならば宮田屋の千両箱なぞ狙うか」

「それだけ叫ぶことができれば治療は要るまい。牢屋敷出入りの医師に手当てをさせようか」

「先生、しっかりしてくんな。江戸の真ん中がそっくり火事で焼けたんだよ。牢屋敷も焼けちまったんだよ」

「そうだったな、致し方ないか」

と無言で痛みを堪えて上着を脱いだ私市の打撲の跡を診た南峰が、

「師範、木刀で手加減して打ったな、だが鎖骨がぽっきりと折れておるわ。半年ほどこの肩は使えまいな」

と宣告した。

「調べ次第では島流しかね、八丈島あたりでのんびり過ごしておれば、なんとか治るかね」

と準造親分が予測し、

「遠島か」

と南峰が応じた。

「南峰先生よ、奉行所より見舞金が出そうなところがあるぜ」

と準造が言い出し、

「ほう、どこだな」

「八頭司さんが命を張ったのはどこだえ」

「おお、照降町だったたな」

「それよ、まあ、見舞金が八頭司さんと先生に出ようと出まいと、こやつらの治療はそこそこにしてくんねえ。奉行所の内所はひでえもんだからね」

と願った。

そんな話を聞いた周五郎は、診療所をでると一番蔵に向かった。夜具は二つ敷いてあり、一つには大塚南峰が寝たあとがあった。

周五郎は背に差した刀を抜いて寝床の傍らにおくと、綿入れをはいでごろりと横になった。仮診療所から治療をする気配が伝わってきた。だが、気になったのも一瞬で、いつの間にか眠りに落ちていた。

夢のなかで寺久保弐左衛門の肩口を撫で斬った手の感触が甦り、

（それがしが寺久保の代わりに死んでいてもおかしくなかった）

と繰り返し考えていた。

どれほど時が過ぎたか。

「おい、師範、起きよ、眼を覚ませ」

と周五郎の体をだれかがゆすっている気配に、

がばっ

と起き、

（なんという不覚か）

との後悔に苛まれた。いくら疲れていたとはいえ、他人が近づくのに気付かなかったのだ。

「落ち着け、師範。わしじゃ、大塚南峰だ」

「おお、南峰先生か、助かった」

「急げ、舟が待っておる」

と南峰が言った。

「なにかあったか」

「深川から使いが来ておる。弥兵衛どのが」

とそこまで聞いた周五郎は枕元の同田貫を手にすると、参ろう、と南峰より先に一番蔵を飛び出した。

ふたりは荒布橋に向かって照降町の家並みの消えた往来を走った。

刻限は六ツ半（午前七時）時分か。

「怪我人はどうしたな、南峰先生」

周五郎が走りながら質した。

「骨折じゃ、肩と手首が動かぬように処置した。ふたりを大番屋の仮屋に玄冶店の親分が連れていったところへ、因速寺から使いがきた」

「そうか、そうだったか」

と答えながら、

（弥兵衛親方、われらが行くまで頑張ってくれ）

と願った。

猪牙舟の船頭は見知らぬ顔だった。

「待たせたな、深川の寺に急ぎ戻ってくれぬか」

と南峰が命じ、猪牙舟が荒布橋の袂を離れた。

南峰は胴ノ間に薬箱といっしょに腰を下ろした。一方若い船頭の櫓の扱いを見

た周五郎は、

「それがしに手伝わせてくれぬか」

と願って櫓に手をかけた。

「お侍さんは櫓を漕げるか」

「火事以来、猪牙を操る機会が多くてな、子供の折に船頭から習った漕ぎ方を思い出したのだ」

「よし、ならばふたりで漕ごう」

事情を承知する若い船頭も周五郎の助っ人を許した。ふたりは日本橋川を急ぎ下った。

日本橋川を往来し始めた舟は、未だに日常に戻ったわけではなかった。大火事の後始末や建て直す家の材木を積んだ大小の舟が多かった。その間を一気に大川に出た猪牙舟は永代橋を横目に、名無しの板橋の架かる堀に入った。

黒江町の因速寺につけたとき、照降町から四半刻とかかっていなかった。

「船頭、舟賃だ」

と南峰が酒手を加えて往復の代金を渡した。

「おりゃ、因速寺の出入りの船頭だ。寺から舟賃をもらう手筈と思ったがな」

「とっておけ」

と船頭に応じる南峰より先に周五郎が船着場へと飛び上がり、河岸道への石段を駆け上がった。寺男がかつて住っていたという納屋は静まり返っていた。

「佳乃どの」

と飛び込んでいった周五郎の眼に、弥兵衛の寝床の傍らで八重と佳乃の親子が弥兵衛の手を握って座しているのが見えた。ゆっくりと振り返った佳乃が周五郎を見て、顔を横に振った。そこへ南峰も駆けつけてきた。土間に立つ周五郎より早く南峰が弥兵衛の傍らに行き、脈を確かめた。

佳乃が立ち上がり、部屋に上がった周五郎に、

「お父つぁんを見てあげて」

と声を絞り出し、突然抱きつき声を上げて泣き出した。

「よう頑張った、よう看取ったな。佳乃どの、よう尽くされた」

周五郎が佳乃の体を両腕で優しく抱いた。そして、佳乃が泣くがままにして、腕の中に佳乃の温もりを感じながら哀しみを共有した。

「八頭司さん、弥兵衛さんに別れをしてやらぬか」

大塚南峰が声をかけた。

周五郎はぎゅっと佳乃を両腕でもう一度抱き締めると、

「親方に別れがしたい」

と願った。

弥兵衛の手を握ると未だ温もりがあった。何十年も鼻緒の挿げ替えをしてきた手は骨と皮だけに痩せていた。

「われらが来る直前に身罷られたと思う。未だ弥兵衛さんはこちらの話を聞いておられよう」

と死人との別れに慣れた南峰が周五郎に言った。

その時、周五郎は弥兵衛の顔を間近で見た。疲れきった顔が和やかに変わるのを見た。

(親方、案ずるな。もはや佳乃どのは親方の跡継ぎとして立派に仕事をこなしておる。三年の苦労が、修業が佳乃どのを成長させたのだ)

と周五郎は無言裡に話しかけた。

(八頭司さん、佳乃を頼む)

という言葉が周五郎の胸に響いた。

(承知した)

と応じる周五郎に弥兵衛の笑みの顔が見えた。

鼻緒屋の弥兵衛の通夜と弔いは因速寺の本堂で行われた。

照降町には佳乃の考えで知らされなかった。あちらは火事の後始末と再建に追われていて、その妨げをしたくないという理由だった。深川入船町の別邸に避難していた宮田屋には知らされた。ゆえに主の源左衛門と大番頭の松蔵らが参列し、因速寺に仮住まいしていた人も加わり、ささやかな通夜がまず営まれた。その通夜の場に幸次郎が姿を見せた。それを知った佳乃が本堂の前に立つ幸次郎の手をとって、

「来てくれたの、有難う」

と礼の言葉をかけた。

「玄冶店の親分が知らせてくれたんだ。すまねえ、遅くなって。親父さんの死に目に会えなかった」

と顔をくしゃくしゃにした幸次郎に、

「見送ったのはおっ母さんとわたしだけよ」

「そうか、八頭司さんも照降町にいたもんな」

と幸次郎が得心した。

「よしっぺ、中洲屋と親父から香典を預かってきた。気持ちだ、うけとってくんな」

と幸次郎が佳乃の手に押し付けた。

「うちなんか焼けたが中洲屋さんになにもしていないのにね」

「うちは焼けたが中洲屋は運よく燃えなかった。あそこにおられる宮田屋さんには世話になっている。まあ、そんなこと気にするな。親父の香典なぞ、線香代にもなるめえ」

八頭司周五郎と幸次郎、それに佳乃が付き添って弥兵衛とひと晩を過ごした。

だれの口から洩れたか、翌日の弔いは、下り雪駄問屋の若狭屋喜兵衛など数人が姿を見せて厳かに催された。寺の墓地に弥兵衛の亡骸が土葬されたあと、最後に宮田屋の源左衛門と大番頭を佳乃は舟まで送った。

「佳乃さんや、これからは鼻緒屋の主はそなたです。うちで出来ることはいくらでも助けますでな、頑張りなされ」

「旦那様、有難うございます。お父つぁんの分も頑張ります」

うむ、と返事した源左衛門が、なにか迷う気配を見せた。

「旦那様、なんぞ佳乃さんに注文がございますかな」

とそれを察した松蔵が言った。

「うむ、かような時にと思うてな、尋ねるのを迷いました。佳乃さん、所帯をもつことを考えておりませんかな」

「えっ」

と驚いた佳乃が、

「旦那様もご存じのようにわたし、わずか三月余り前に出戻ってきた女子です。所帯をもつなどただ今は考えてもおりません、仕事一途に専念しとうございます。それではなんぞ差し障りがございましょうか」

と問い返した。

「ならば忘れて下され。弥兵衛さんがこの私と松蔵に、娘がしっかりとした職人の亭主と所帯をもつ面倒をみてくだされと、遺言を残していかれましたでな」

「おお、あのことでございましたか」

と松蔵が得心したように応じて佳乃を見た。

「お父つぁんたら、出戻り娘の亭主の話まで宮田屋の旦那様に願っておりましたか。いったんは三郎次なんぞと江戸を捨てた女子です。なんとも親不孝な所業でした」

「佳乃さん、話は分りました。一つだけ忠言があります。三郎次のことは忘れなされ、いまの佳乃さんはあのころのそなたと違います。しっかりとした技を持った女職人ですからな」

と源左衛門が言い切った。


土葬された墓の前にふたりの男が立っていた。そのひとり、幸次郎が、

「終わったな」

と周五郎に言うと土饅頭の墓を見た。

寺の墓地に植えられた木々は若緑の季節を迎えていた。

「おお、終わった。これからは佳乃どのの代が始まる」

「八頭司さんよ、尋ねていいか」

「なんだな、幸次郎どの」

周五郎はなんとなく幸次郎の問いを察していた。

「八頭司さんはよ、侍を、いや、刀を捨てられないんだな」

「半端侍にして半端職人のそれがしに尋ねたき真のことはなんだな、幸次郎どの」

「八頭司さんはよしっぺ、いや、佳乃をどう思っているんだ」

「佳乃どのとそれがしは鼻緒職人の主従だ」

「よしっぺが好きじゃないのか」

「大好きだな」

「所帯をもつほどにか」

「それとこれとは違う話だ。それがしが佳乃どのと所帯をもつことなどありえぬ」

「なぜだ」

「幸次郎どの、人にはだれしも他人に話せぬ出来事がひとつくらいあろう」

と周五郎は幸次郎の問いを躱した。

「おれにも、いやさ、よしっぺにも話せぬ秘密か」

「ということじゃ。幸次郎どの、安心なされ」

「安心なされとはどういうことだよ」

「幸次郎どのが佳乃どののことを想うておることも、佳乃どのがそなたを信頼しておることもそれがし、承知しておる。よいか、佳乃どのの三年の歳月を埋める時をじっくりとふたりで持ちなされ。それがしの申すこと、分るな」

しばし間を置いた幸次郎が、大きく頷いた。そこへ佳乃が戻ってきて、

「ふたりしてなにを話していたの」

と尋ねた。

「よしっぺ、男同士の話よ。女子のよしっぺに話せるものか。それよりえらく宮田屋の見送りに時を要したな。なんぞ格別な話でもあったか」

「あったわよ」

「どんな話だ」

「あら、今日はしつこいわね、幸ちゃんたら。宮田屋の旦那様にうちのお父つぁんが遺言を残していたのよ」

「遺言だって」

「お父つぁんたら旦那様に、わたしがしっかりとした腕の職人と所帯をもつように面倒をみてくれ、と言い残したんだって」

「よしっぺ、どう返答をしたよ」

幸次郎が性急に質した。

「所帯をもつなど考えてもおりませんと返事をしたけど、幸ちゃんになにか差し障りがあるの」

「ね、ねえよ」

狼狽（ろうばい）したような安堵したような返事を幸次郎がして、周五郎が佳乃を見た。

「本日ただ今から照降町の鼻緒屋の女主は名実ともに佳乃どのになった」

「仕事に生きろと周五郎さんはいうの」

「弟子のいう言葉ではないが、そういうことだ」

周五郎の言葉をじっくりと聞いた佳乃がこっくりと頷いた。

文政十二年初夏のことだった。

（三巻に続く）

この作品は文春文庫のために書き下ろされたものです。

文春文庫

己丑の大火（きちゅうのたいか）
照降町四季（てりふりちょうのしき）（二）

定価はカバーに表示してあります

2021年5月10日　第1刷

著者　佐伯泰英（さえきやすひで）
発行者　花田朋子
発行所　株式会社 文藝春秋

東京都千代田区紀尾井町 3-23　〒102-8008
TEL　03・3265・1211㈹
文藝春秋ホームページ　http://www.bunshun.co.jp

落丁、乱丁本は、お手数ですが小社製作部宛お送り下さい。送料小社負担でお取替致します。

印刷製本・凸版印刷

Printed in Japan
ISBN978-4-16-791686-2